イマーナ 神の影

ルワンダへの旅——記憶・証言・物語

ヴェロニク・タジョ 著
村田はるせ 訳

éditionF

Véronique TADJO
L'OMBRE D'IMANA, Voyages jusqu'au bout du Rwanda

神《イマーナ》の影

ルワンダへの旅——記憶・証言・物語

立ち去ったけれど、今もわたしたちの心のなかにいる、すべての人々に。

目次

初めてのルワンダ

長いあいだわたしは、ルワンダに行くことを夢見ていた。いや、「夢見る」という言葉は正しくない。長いあいだわたしは、ルワンダに降りかかった〝悪〟を取り除きたいと思っていた。テレビに流れ、世界中を一瞬で駆け巡り、あらゆる人の心に恐怖を刻みつけたあの映像が撮影された、まさにあの場所に行きたかった。ルワンダが永遠の悪夢、単純な恐怖でありつづけてはいけないと考えていた。

わたしはある前提とともに出発しようとしていた。それは、起こったことはわたしたちすべての人間にかかわりがある、というものだ。ルワンダのジェノサイド[1]は、アフリカの黒い中心で孤立し、忘れ去られた一国民だけの問題ではない。大騒ぎし、ただ激高したあげくにルワンダを忘れるのは、片目を失うこと、声を失うこと、ハンディを負うことだ。暗闇を、伸ばした両手でさぐり、ふいに未来に衝突しないよう歩くようなものだ。

もちろんわたしは、こんなふうに明確に言葉にしていなかった。ただルワンダに行きたい、行かなければならないと考えていた。

ときに人は、訊ねてもいない秘密を打ち明けられることがある。すると、知ってしまったことがあまりに重くて、押し潰されそうになる。わたしも、自分のなかに隠れ潜んだルワンダを、もうそのままにしておけなかった。膿瘍は切開し、傷口をあらわにし、包帯を巻かないといけなかった。わたしは医者ではないが、それでも自分に応急処置をすることはできると思った。

ルワンダに発つ数日前に、南アフリカでの会議に出席することになっていた。出発点としてはちょうどいいと思った。アパルトヘイト後の南アフリカ[2]は、わたしの問い、とくに国民全体の和解にかんする問いになんらかの答えを与えてくれるだろう。それに、初めて接する南アフリカは、別のさまざまな旅にも導いてくれるだろう。南アフリカはわたしたち人類の集合的記憶の一部なのだ。

けれど、そこでルワンダとの最初の出会いがあるとは思ってもみなかった。

南アフリカ、ダーバンにて

海岸沿いの駐車場で出会った男

人生には説明のつかない偶然がつきものだ。

その男は、会議に参加した人々が車を止めた駐車場で、警備をしていた。

八か月前にここに到着したそうだ。ルワンダからザイール[3]を通って、徒歩でやってきたという。タウンシップ[4]で暮らしていて、同じようにして辿りついたほかの男たちと、小さな部屋をシェアしている。

彼は、海にぶつかる場所まで逃げてきたのだ。

わたしはただ、彼の眼だけを見つめた。半透明の膜に覆われたような両眼。深く、底知れない淵に溺れた人のようなまなざしからは、何も読みとれなかった。このような瞳では、人生を引き寄せ、太陽や空、町をそれと見分けることなどできないように思われた。それは囚人の眼、闇と空虚によって塞がれた眼だった。

ほんの一瞬、眩暈に襲われた。わたしたち二人の背後で海がとどろき、波が岸辺で砕けた。しぶきが肌を湿らせた。

男が唇を動かした。彼の国ルワンダで何をするつもりか、と問う声が聞こえた。

ヨハネスブルグからパリへ

ヨハネスブルグからキガリまでの直行便をとることはできなかった。ナイロビ経由だと一日か二日むだになる。ヨハネスブルグ～パリ～ブリュッセル～キガリと一気に移動することにした。地上係員が、パリ以降の荷物登録ができないと告げる。コンピュータの不具合だろうか?

旅は順調だが、眠ることができない。機体の窓から、星の散らばる黒い空を見る。母のことを思った。その死がまだ信じられない。母をそばに感じる。まだ横にいるような気がする。死と対面するはずのこの旅路に付き添って、手をつないでくれている気がする。

パリ経由でブリュッセルへ

ここまでは何も問題なかった。しかし到着したら大急ぎだ。一時間以内に荷物を回収して、キガリ便に預け入れないと。空港は混雑している。自分が今どこにいるのかわからない。わたしのスーツケースは出てこない。なんてこと。しかしロストバゲージを予測しておくべきだったのだ。あと三十分しかない。航空会社のカウンターに行く。気が動転している。このままでは飛行機に乗り遅れる。「キガリで紛失の届けを出してください！」言い合っているひまはない。搭乗ゲートは遠い。この便に乗らなければ。

サベナ五六五便に乗る

間に合った。ようやく座席についた。最悪の場合、スーツケースはキガリに届かないかもしれない。出発前に勧められたのに、荷物に保険をかけなかった。幸いにも、洗面用具や重要な書類、貴重品は手荷物に入っている。着替えがないが、現地でどうにかしよう。

飛行機は空席が目立つ。わたしは一列ぜんぶを独り占めしている。

ルワンダ人の一団が笑いさざめく。離陸してからずっとおしゃべりをしている。一人の若い女性は、背が高くて美しく、気さくに笑う。わたしはやがて彼女と友だちになるのだが、このときはまだ知らない。男性たちは四十歳前後で、上品な身なりだ。おそらく上級公務員か国際組織の理事たちだ。

青い服の修道女たちが静かに話をしている。

乳児連れにしては若くない夫婦が、配膳のときに騒ぎだした。哺乳瓶を頼んでおいたのにいつまでたっても来ない、と言っている。ベルギー人か、フランス人か。

この家族はたぶんキガリまでは行かないのだろう。これはナイロビを経由する便なのだ。夫婦がこんどはルワンダ人たちに、赤ちゃんが眠ったから静かに話してほしいと頼んでいる。

わたしは新聞を読む。ウガンダで起きた旅行者殺害事件がまだ報じられている。[5]ここに掲載された論説記事で記者は、世界中どこへ行こうと、観光にはなんらかの危険が伴うと力説している。

事件は、ウガンダのジャングルで起こった。アメリカ人の夫婦一組を含む八人の外国人が惨殺されたのだ。確かな情報筋によると、実行犯はフツ[6]の反政府ゲリラだ。この観光客たちはただゴリラを見たくて、険しい地形をものともせず、森の見慣れない昆虫たちにひるむこともなく、出かけていったのだった。

記者は、観光客が晒される危険について、情報提供を怠った責任は誰にあるのか、旅行会社か、はたまたウガンダの行政機関や政府なのかと問うている。

わたしの場合は、情報を十分に提供されながらもルワンダに行こうとしている、といえるだろう。記事の末尾に、危険度の高い国々のリストが掲載されている。アンゴラ、ルワンダ、ブルンジ、二つのコンゴ、シエラレオネ、ギニアビサウ、スーダン。ここにイラン、イラク、アフガニスタン、ボスニア、セルビアが加わる。殺されてしまう可能性のある場所はほかにいくらでもあるのに。ニューヨークやヨハネスブルグ、ダーバン、ラゴス、ナイロビ、アビジャン。

ふいにわたしは、コートジヴォワールという国籍は切り札になるのか、あるいは死の宣告になるのかと考える。

気が滅入ってしまった。

しかし眠ることができない。頭のなかで思考がぐるぐる回っている。ヘッドホンをつけて映画を観ることにしたが、このハリウッド製のラブストーリーをたどる気になれない。

少し本を読む。

機体がキガリに向けて降下し始めた。わたしには入国ビザがない。招待状が役に立ってくれるはず。手もちのドルを数える。フランス・フランよりも面倒がなさそうだから、ドルをもっていくよう勧められた。スーツケースのことを考える。手元に戻る見込みはどれくらいあるのか。中に入れたものをぜんぶ思い出してみる。

到着したら、入国審査を受けるため、小さな部屋に案内された。何人かが待っている。わたしの番がくると、審査官は英語で話しかけてきた。ルワンダに何をしにきたのか知りたがっている。にこやかで、礼儀正しく話す。わたしは英語を話せるので、好感をもたれたようだ。滞在中、何度もこの言語に助けられるだろう。英語を話すルワンダ人が、ウガンダやタンザニアからやってきている。彼らはそうした国々で数十年間、亡命生活を送ってきた。ルワンダを解放した軍隊ＲＰＦ（ルワンダ愛国戦線）[7]の幹部たちの大多数はウガンダで育った。彼らはいまやこの国の指導層だ。

招待状のおかげか審査官はルーズリーフに書いたビザを発行してくれた。けれど、わたしのパスポートは一時預かりとなった。パスポートを受け取るため、あらためて国家安全保障省に出頭せよということだ。

キガリの街を歩く

表面的には、街はすべてを忘れ、消化し、呑み込んでしまったかのようだ。通りには人があふれ、絶え間なく車が流れる。誰もが懸命に、一からすべてをやり直そうとしている。ただぶらぶらと街を歩き、人々の日々の暮らしを眺めてみる。店の売り台に並ぶバナナを数本買う人々。子どもたちと笑いかわす人々。立ち話をし、赤信号が青に変わるまで待つ人々。キオスクで新聞を買い、コカコーラを飲み、過去は悪い思い出にすぎないとでもいうようにキガリで暮らす人々。どの顔にも見覚えがあるような気がする。何もかもが、あまりにわたしの国と似ているので、よけいに胸が締めつけられる。

平和なとき、キガリはとても静かだ。

夜になる。濃い闇だ。光の粒が、クリスマスツリーに灯るろうそくのように丘を飾る。遠くのほうで車のヘッドライトが闇を貫く。一日の終わりに、時間はほっと息をつき、ゆったりと流れる。街灯は単調な光を投げかける。空気は澄み、地面が生暖かい。

建物のそば、眠り込んだ木々の下に、テーブルと、その上にひっくり返された椅子が片づけられ、次の夜明けを待っている。周囲の家々の中には、いつもと変わらない夕方の光景があるのだろう。テレビの音が往来に漏れる。揚げ物をする音、流れる水の音、車のエンジン音、近所の女性が子どもを呼ぶ声。影絵芝居のように、窓に映る人影。ほかのどことも変わらない夜。

半月が夜空にくっきりと浮かぶ。苦悩の秘密を知る星々は、暗がりのなか、何も語ってはくれない。

遠い過去に遡り、大いなる恐怖へと立ち返らねば。戻ってみるのだ。運命をまえにした存在たちがいまだ人間性を見出していなかった時代へと。漠然とした恐れが人類の歩みを導いていた時代へと。思い起こすのだ。わたしたち人間は、「他者」に対して生理的に恐れを抱くということを。

この本を読むあなたへ。あなたもわたし同様、これからの旅に恐怖を感じているだろうか。もしジェノサイドの地獄に放り込まれたら？　人間でありつづけるために、あなたならどんな犠牲をはらっただろうか。

あまりの残虐さに歪められた死との対面、その想像を絶する対面への心構えが、あなたにはあるだろうか。

心を決めて旅に同伴してほしい。わたしたち人間はいつかしっかりと立ち止まり、自分を見つめなければいけないのだから。平穏なうわべの下に潜む自分自身の恐怖を、探求しにいかなければならないのだから。

わたしの両眼が見ますように、両耳が聞きますように、口が語りますように。知ることは怖くない。しかしどんなことがあっても、希望と生命の尊重という、人間のなかに育つべきものを、わたしの心が見失いませんように。

そう、目のまえの生活にも注意を向けよう。日常の仕草、いつも話す言葉、毎日の暮らしをありのままに記そう。

太平洋に浮かぶ島々に似て、休火山を擁するルワンダ。人々はその麓に戻り、肥沃な土地を耕す。キガリは過去を脱ぎ捨て、新しい生を纏う。

人々の礼儀正しい振舞い、通り過ぎるわたしたち旅行者を見て驚くまなざし、あけっぴろげな笑顔。それらは何の手がかりも与えない。これほど穏やかな表情をまえにしたら、暴力がまさにこの同じ通りを駆けめぐり、角を曲がり、同じ場所にはびこったなどとは、想像もできない。

この苦痛の土地に植えられた木々に、かつて実が熟したといわれても、受け容れるには時間がかかる。

キガリにある戦争の遺物はわずかだが、記憶は毒を含んだ残像に満ちている。大多数の人々は魂に裂け目を抱えたまま、黙って、途方もない力を振り絞り、再開した日常を生きる。時計の針を合わせ、カレンダーを壁に掛け直す。埃のなかから本を拾い集める。写真を過去と忘却から引き出し、アルバムに貼り直す。ささやかだが、意味のある仕草のひとつひとつ。だからこそ子どもから老人まで、どの世代の人々も大切にする仕草。

真実は人々のまなざしのなかにある。口に出された言葉には、ごくわずかな価値しかない。人々の皮膚の下にまでもぐり込み、内側にあるものを見なければ。

〝悪〟は戦略を変え、戦場を変更し、警戒を緩めたところに突然現れる。

ニャマタの教会

ジェノサイド記念館。
死者：約三万五千人。

手足を縛られた女性、名前はムカンドリ、二十五歳。遺体は一九九七年に掘り出された。結婚してニャマタ中心地で暮らしていた。

子どもはいたのだろうか？

彼女の両手首は、くるぶしに縛りつけられている。両足は大きく開かれ、からだ全体が横に傾いている。まるで化石化した大きな胎児のようだ。汚れた毛布の上に据えられていて、彼女のからだの後ろには、ござに整然と並べられた頭蓋骨と、散らばる骨片がある。

ムカンドリは強姦されたのだ。尖った棒が一本、膣に押し込まれたままになっている。

うなじに受けた鉈《なた》の一撃が致命傷となった。その衝撃が残したくぼみが見てとれる。肩には毛布がかかっているが、生地はすでに皮膚に張りついてしまっている。ほかの遺体とともに埋められた穴から、彼女は掘り出され、虐殺の実例としてそこにいる。誰も忘れないようにと、展示されている。ジェノサイドのミイラ。頭蓋骨に髪の一部がまだこびりついている。

展示された武器

手榴弾、銃、ハンマー、釘が打ちつけられた棍棒、斧、鉈、鍬。
鉈はフランス製と中国製だ。
田畑には地雷が埋まっている。

証拠を消すため、頭蓋骨が焼かれることがあった。

到着した国連軍の最初の仕事は、遺体の回収だったという。身元の判明した遺体だけが儀礼にのっとって埋葬された。身元不明の遺体は、かつて起きたことを証言するためここに残されている。これからも埋葬されることはないだろう。これらはただ、骨としてここにある。

黒い頭蓋骨はトイレの穴から見つかったものや、土に埋まっていたものだ。白い頭蓋骨は野外の丈高い草むらで見つかった。


死者たちの叫びが今も聞こえるようだ。暴力が引き起こした混乱がどれほどのものだったか、はっきり感じられる。殺戮が起きたのはあまりに最近のことだから、死はむき出しで、そのままの状態で晒されている。ここを記念館と呼んでいいのか。

穢された土地、埃の層を重ねて過ぎる時間、それらがもたらす恐怖。白骨も、まだ人の原型を残した遺体も、訪問者たちの目のまえで風化し、崩れていく。腐臭が鼻孔に染みつき、肺に居座る、臭いは皮膚にもしみ込んで、脳に浸透していく。時間がたっても、遠く離れても、この臭いは心とからだに残るだろう。

誰が供えたのか、遺骨に捧げられた花束も、干からびている。
手榴弾が教会の壁にあけた穴から見えるのは、多くの骨、頭蓋骨、土がついた衣服、壊された散らばった道具、ひっくり返された家具。

ニャマタで大量殺戮があったのは、一九九四年四月一五日の朝七時三〇分から午後二時のあいだだった。数千人が教会と付属の建物に避難していた。司祭の書斎や教会事務所にも人があふれた。中庭で互いに身を寄せ合って眠った人も多かった。妊婦や新生児に交じって、近くの産院に隠れた人々もいた。当局は住民に、集まって一緒にいるよう呼びかけていた。「教会や公共施設に集まってください。あなたがたを保護します」
内戦がすっかり終わったとき、遺体や散乱した骨を集めたのは、生き残った人々だった。すべては大急ぎで行われた。まるで廃棄処分する道具のように、頭蓋骨は重なり合い、カビが生えて破れた衣服と、何の残骸かよくわからないものとが、ごちゃごちゃになっている。

サスライアリが赤土を這いまわる。アリたちはジェノサイドをどう記憶しているのか。

殺戮のとき、この教会のベルギー人司祭はもういなかった。この小さな町ニャマタの周囲には沼地がある。解放軍のＲＰＦが到着する五月一四日までそこに隠れていて、生き残った人もいる。水の中で眠り、水に浸かったまま過ごしていたのだ。多くの人は、沼に群生するパピルスの茂みで命を落とした。

一人の女性が教会の柵の向こうからこちらを見ている。わたしは笑いかける。あちらも手を振ってきた。

案内係が、訪問者台帳に何か書いてほしいと言う。

わたしは七三一七番だ。

氏名を書き、ルワンダでの滞在場所、居住地を記入した。

「コメント」という欄があるが、なかなか考えがまとまらない。ジェノサイドの恐ろしさについて、一文書きとめる。

訪問者たちを乗せてきた車に乗り込むまえ、案内係にお金を渡すべきかと考える。そうだ、渡すべきだ。

ンタラマの教会

ジェノサイド記念館。

死者：約五千人。

白髪で泰然とした表情の小柄な老人は、問いかけるようなまなざしを向けてくる。彼は訪問者たちを観察し、測定し、鑑定し、仮面を剥ぎとっていく。訪問者を瞬く間に分類できるのだ。陳列された死を前に、目を背ける者、衝撃を受ける者、涙を流す者、黙ったままの者、ペンを手に質問する者、合理的な説明を探そうとする者、理解しようとする者、老人に金を渡そうとする者、そうしない者、「こんなことは二度と起こってはならない」と書く者。

老人はわたしのことも即座に見透かすだろう。わたしが何者で、死を恐れているかどうかも。わたしが記念館を出て、車に乗って立ち去ったら、訪問者台帳をあらため、身元を知ろうとするだろう。

老人は、この記念館を自分の王国に、自分の世界にしてしまった。骨たちをよく知っていて、もう慣れていて、恐怖もとっくに消えてしまっている。悪夢はまぶたの裏に封印したのだ。ときとして彼は骨たちの見張り番のようにも見える。彼が訪問者たちに向かって解説をするのも、散らばった骸骨がみずからの物語を勝手に話しださないようにするためだ、そんなふうに見える。

この教会で殺戮が起こった日、老人は家に隠れていた。叫びや呻き声、人々を殺害する音が聞こえなくなるのを待って外に出てみた。家は死体に取り囲まれていた。

この老人はこれからもここで過ごすのだろうか。おびただしい数のこれらの亡骸、これらの骨のあいだにいるのはなぜなのか。彼は表情も変えずに説明し、質問に答える。遺品に触れ、扉を押し、遺骨が積まれている建物へと訪問者たちを導く。彼が案内すると、そこにあるのは骨ではなく何か別の陳列品のようだ。あたかも博物館を案内するように、展示されたものを見せる。彼は話をするが、訪問者たちの想像力が実際に起きたことにけっして追いつかないと知っている。心の底では、訪問者たちがなぜ〝悪〟を揺り動かしにくるのかと思っている。たぶんこうしたことすべては最終的に、人類の非人間性の証拠を番する彼自身に跳ね返ってくるだろうと思っている。老人は、訪問者たちがここに探しにきたもの、訪問者の心のなかに隠れているものを理解できない。訪問者たちは、憎悪が歪めてしまった死を、目を大きく開けて見ようとする。いったいなぜ、そしていかなる動機がそうさせるのか、老人には理解できないのだ。

記念館ができたとき、老人は案内係になるよう勧められた。フランス語を話すし、殺戮が起きたとき、教会から遠くないところにいたからと。フツであり、国軍の兵士だったが、もう何年もまえに退役していた。

ここの教区を受けもっていたのもベルギー人司祭だった。フラマン人四人とワロン人一人で、ンタラマ教会での殺戮が始まる直前に立ち去った。

教会の壁には血がこびりついている。赤紫色のすじがレンガにしみをつけている。「血を洗い流さないほうがよかったのに、もうほとんど何も見えないですよ」と、訪問者の一人が声を上げる。

屋根全体に無数の穴が開いている。トタン板の穴を通して空が見える。聖母像が一体、瓦礫やひっくり返ったベンチのあいだに立っている。空気がひんやりしている。天井が高いので風が少し循環するのだ。訪問者たちは小声で話す。上部が割れずに残ったステンドグラスには、色とりどりの光が揺れる。描かれているのは、民を祝福するキリスト。イエスは二人の使徒に挟まれている。祭壇を飾るのは、イエスと弟子たちの最後の晩餐を描いたフレスコ画。

生き残った人々は地下埋葬室をつくり、いくつもの棚に頭蓋骨とその他の骨を積み重ねた。

一方には四十八、他方には六十四、埋葬室がある。

何もかもいっしょくたに置かれている。名前はどこにも書かれていない。碑文もない。外では太陽が照りつけているが、内部は薄暗い。電気はない。棚板の上の頭蓋骨、蜘蛛の巣、埃、そしてまた埃。どこもかしこも凝固した時間の冷たい匂いに充ちている。

一九九四年四月から三年近くのあいだ、遺骨は発見されたときのまま放置されていた。ンタラマの教会が記念館になったのは一九九七年のことだった。

わたしは死の匂いに、いよいよ耐えられなくなってきた。大量殺戮の微粒子が空中に漂っている。死者たちは、彼らをいまだに利用する生者たちを非難している。土にかえりたいと抗議している。土の中に溶けたいと。

トニア・ロカテッリ

一九九二年三月九日死亡。墓碑にはＲＩＰ（安らかに眠れ）と刻まれている。

彼女はイタリア人看護師だった。一九九二年にこの地方で最初のツチ殺戮が起きたとき、ルワンダ当局に抗議した。政府が無関心を決め込むと、海外のラジオ局から非難の声を発した。「この人々を救わないといけません。守らないといけません。こんなことをしているのは政府自身なのです！」

二日後、彼女は家の戸口で兵士たちに殺害された。

兵士たちは周辺の村で住民を殺し、家々を焼いた。抵抗する者たちからは武器を取りあげ、皆殺しにした。

トニアの墓にほど近い空き地では、数人の子どもがサッカーをしている。近づくと、カブ[8]リたちがぱっと走り去る。

すらりとした体つきの女性が道を歩いている。長身なので、きっとツチだ。訪問を終えたわたしたちの車が、赤い土煙を上げて走るのを眺めている。

外見で判断してはいけない。すべてのツチが長身なわけではない。すべてのフツがずんぐりしているわけでもない。ツチとフツのあいだの結婚が繰り返され、多様な血が混じりあってきたのだ。ツチを追い立てた者たちは、命を奪う相手を見分けようと、まず身分証を見せろと要求した[9]。

それに、ジェノサイドへの加担を拒んだ、穏健なフツの男女もいた。そうした人々の骨が、どれほどツチの骨に混ざっているだろう。

空腹で胃がひりひりする。今朝から食べていない。何も呑み込めない。胃のなかに何も入れたくない。

わたしたち人間が、完全に無価値なら、なぜ書くのか。

ブタレ[10]への道

早朝、ブタレに続く曲がりくねった道を行く。遠くで、連なる丘が空と愛を交わす。静かな喘ぎが雲となり、浮かんでいる。

空中に舞いあげられた埃が、家々の上に降り積もる。どの壁も土色で、屋根は波状のトタン板か、きれいに並んだ瓦だ。

すれ違う人々の表情を読みとろうとしてみる。すべてがとても平和だ。丘は緑豊かで肥沃。大きな階段のような段々畑が麓まで続いている。カーブでは自転車がふいに現れる。下り坂を疾走する自転車、苦しげに坂をのぼる自転車。日々の暮らしに必要な一切合財を積んでいる。

子どもが木の枝に立ち、立派な長い角をした牛の群れを見張っている。あちらこちらにユーカリ、松、バナナ、アカシアの木、ハイビスカスの茂み。

少年が道のへりに座っている。車はアスファルトの裂け目をよけてジグザグに走るから、いまにもこの子を掠ってしまいそうだ。ときどき、淡い緑、深い緑の竹藪が目に入る。

新築の建物がそここにある。

淡いピンクの上着とショートパンツ姿の囚人たちが、小学生のように整列して通りすぎる。

王都ニャンザ

人々はみな、至高神イマーナを信仰していた。
王は半神半人のムワミただ一人だった。
同じ慣習をもち、同じルワンダ語を話す。
もっとも重要だったのは、神と王と女性と牛。
そこに、自然、戦士たち、そして絶大な権力をもつ王母がつらなっていた。

現在、これらの伝統的な信仰や王制の名残はほとんどない。王位は廃止され、共和国が宣言された。[11]「封建領主」のツチと「一般民衆」のフツの対立が続くあいだに、高貴な人々の痕跡は消し去られた。踏み固められた広い道路は、どこでもない所へと向かっているらしい。

かつて王の太鼓は神々のように崇められた。「太鼓は人の叫び声よりよく響く」と諺はいう。太鼓の中には聖なる遺物「心臓」が入っていたが、それが誰のものかは王と祭司だけが知っていた。そうした太鼓は、敵の性器とか、打ち負かした王や首長の首といった戦利品で飾られていた。儀式の道具には、呪術用の若い雄牛の血が振りかけられた。

牛には三種ある。もっとも一般的な短い角の牛、それよりは若干長い角の牛、ひじょうに長くりっぱな角が頭上で半円あるいは竪琴のかたちを描く高貴な牛。

家畜泥棒は磔《はりつけ》にされた。

暴力の種はつねにそこにあった。父祖伝来の土地に埋まっていた。季節によって種は芽を出し、広がり、毒草が国じゅうにはびこった。

戦士たちの王国。英雄気取りでのさばる暴力。戦いで殺した敵の数で〝勇気〟が測られた。権力をもぎ取り、生命力を奪うため、一人の人間を打ち倒す。

ある民族全体の記憶が何でできているのか、その民族の無意識はいかなるイメージで覆い尽くされているのか、誰にもわからない。現代の一国民の未来が、数世紀前のいかなる大量殺戮によって浸食されているのか、誰も知らない。

ギタラマを通過する

遠くにある火山群の輪郭が、丘々の上に聳《そび》えたつ。武装した兵士たちが路肩を歩く。

畑に向かう農民たちの列とすれ違う。そのなかの一人は斧をもっている。

日は高く昇り、午後は暖かく、気持ちがいい。

地平線に現れた人影が、雲を背にして浮きあがる。背中で腕を組む老人、その後ろを歩く少女。車の音を聞いて、さっと散り散りになる女性たち。

連なる丘の上の夕日。

遠くの野火の煙がゆっくりとくねりながら空にのぼる。牛の群れが水を飲む。車の背後で、太陽が赤い光の玉になる。道は長く先に延びている。間もなく夜だ。

町の入口で、ストリートチルドレンが一本の煙草を回しのんでいる。

車のライトが黄昏に溶ける。

わたしの髪は埃だらけで重く、肌はべとべとする。

ビュンバにて
クブウィマナ一家訪問

テレーズはすぐに笑いだす。えくぼのせいで子どもっぽく見えるが、まなざしは母親らしさにみちている。ジェノサイドのあいだ、ザイールに逃げ、夫と二人の息子と離ればなれになった。三人は行方知れずだったが、終戦後数か月たってようやく、コンゴ・ブラザヴィル[12]から手紙が届いた。二人の息子はあちらで学校に通い、夫は仕事に就いていた。三人とも帰国するつもりはないという。かつて夫は、フツが主導していた与党の党員だった。

テレーズは幼い三人の子どもたちと、軍の兵舎に近い丘の上にある小さな家で暮らしている。もとの家を取りもどせたのだから、運がいいほうだった。

彼女は、「ルワンダ人は嘘つきなの。誰にも本当のことを話さない」と言っては笑う。日に何度もこの言葉を繰り返す。

テレーズの姉妹コンスタンスもとても陽気だが、戦争中にほとんどすべてのものを失った。二年前に家族で戻ってきたら、家には一人の軍人が住みついていた。長い話し合いをし、地元当局が仲介したすえ、軍人はようやく家を明け渡した。しかし家の内部には何も残っていなかった。すべてもち去られていたのだ。

コンスタンスの夫ジャン＝バティストは戻ったとたん、ジェノサイドに加担したとして拘禁された。コンスタンスは毎週金曜日に夫に会いにいった。

ジャン＝バティストは証拠不十分で釈放された。完全釈放となるまで毎月末、軍機関に出頭しなければならない。彼は無職だ。かつては学校長だったが、まだジェノサイドが終わって間もないから、誰も雇ってくれない。コンスタンスは私立学校の教師として働いている。夫婦は戦争中に長女を亡くした。

夫婦の息子イザアクは、ジェノサイドが起きたとき十八歳で、火山地帯を通って、ザイールまで歩いていった。家族、姉妹とはぐれ、ゴマ[13]の難民キャンプにとどまった。

イザアクがルワンダから脱出できたのは、フランス軍が率いた「トルコ石作戦」のおかげだったといえる。フランス軍に守られた「人道地帯」が反政府軍の進撃を阻止したため、多数のフツが国外に逃れるのを助ける結果となった。イザアクも、人々の流れについていった。このとき、ジェノサイド当時のルワンダ政府の幹部たちも財産をもって逃亡したとみられている。広大な難民キャンプでは、怯える難民のなかにフツの兵士やジェノサイド関与者たちが紛れ込んでいただけでなく、難民の生活のすべてを統制し、キャンプを支配していたといわれている[14]。

イザアクは無口だ。心はどこかを彷徨《さまよ》っていて、戦争の話はもう聞きたくないと思っている。学業は中断してしまったが、病院でちょっとした仕事を見つけた。両親はイザアクが学校に戻ることを望んでいるが、もはやそんなことに関心がない。彼にとって未来はあまりに遠く、あまりに不確かだ。

あのとき民兵たちは若者を力づくで徴用し、戦いや人殺しを強制した。「殺さないのなら、おまえを殺すぞ。やつらを殺さないと、おまえのほうが殺されるぞ！」

「大人はぼくらを裏切った。ぼくらの人生を台無しにして、地獄に突き落とし、見捨てたんだ」とイザアクは考えているのだろう。

傷ついたのは国全体なのだ。免れた人などいない。イザアクはここから逃げ出したかったろう。しかしどこへ行っても歓迎されないことは、よくわかっているのだ。

テレーズは、わたしがルワンダ人女性に見えるという。たぶん肌の色や髪のせいだ。彼女は、わたしの歯茎は黒いともつけ加えた。ツチにとってそれは美しさのしるしだそうだ。

ツチがこの国で迫害されたのは、ひとつには、ヨーロッパとりわけベルギーの歴史家たちが一九世紀末ごろ、ツチの出自は他所にあるという説を立てたからだ。歴史家たちは、背が高くてすらりとした遊牧民の「ツチ」は、より小柄な農民のフツとは異なり、中部アフリカに起源はないと考えた。なかには、ツチはチベットかエジプトのような遠隔地からやってきたと考える歴史家もいた。だがもっとも流布した説は、ツチはエチオピアと繋がりがあるというものだ。ツチたち自身もそれを認めているように見えた。なぜならツチの女性が身につける伝統衣装は、エチオピアの女性の伝統衣装とひじょうによく似ているからも。

こうした説には根拠がない。歴史学的証拠が存在しないのだ。けれどこの説は、最初は称賛として唱えられたのに、のちには恐ろしい結果を招いた。[15] あのジェノサイドのとき、カゲラ川[16]には大勢のツチが投げ込まれた。「こいつらがエチオピアに帰れるように」として。

ルワンダでは、歓待にはアルコールがつきものだ。まず大量生産の瓶ビールがふるまわれ、それから地元産のバナナビール。手から手へと回されるヒョウタンの容器から、木のストローで飲む。次に出されるのは蒸留酒だ。公式には販売が禁止されている。グラスから、瓶から、一気に飲む。ビールにも混ぜる。グラスは空になるまえに満たされる。一本を飲み終えたら、別の一本を開ける。宴のよしあしは、空の瓶の数で決まるのだ。

声はますます大きくなる。人がかわるがわるやってきては立ち去る。時間が過ぎていく。これはおばあさん、こっちはおばさん、従姉妹、甥っ子、義理の兄弟……と次々に紹介し合う。

幼い女の子がコンスタンスの膝にあがる。この子は孤児だ。一家は友人の娘を引き取った。

テレーズがわたしたちに、復元した写真アルバムを見せてくれる。年長の二人の息子と夫が写っている。そしてカメラの前でポーズをとる一家全員。連なる丘の上にぽつんと立つ、小さくて質素な家でひっそりと暮らしていたごくふつうの家族。

わたしはテレーズと住所を交換した。

キガリの弁護士

弁護士は、アフリカの別の国の出身だ。すでに何回も契約を更新した。ここで起こったことは永遠に誰にも理解できないだろう、と語る。あまりに合理的にとらえると、偽りの事実の森に迷い込むと。政治には関与しない。もちろん意見はあるが、ここに来る必要があったことに変わりはない。

こんなことがもう繰り返されないために、どうしたらいいのでしょうか?

「しっかりした制度、正義、そして国民間の和解が必要です」

弁護士はこう繰り返す。

「正義が、信頼できる正義が必要です。人々が、この正義は自分のためになされたと思えなければ、和解はできないでしょう」

彼は死刑制度を支持している。議論があるのはたしかだが、ジェノサイド犯罪を扱うには死刑が必要だという。タンザニアのアルーシャにある国際刑事裁判所[17]は資金が潤沢で、過度に人道主義的だと考えている。彼はこう言いたいようだ。

「アルーシャの犯罪人たちにはたっぷり時間がある。大げさな感情表現をしてみせることもできる。だがルワンダで拘禁されている人々は、荒廃した監禁室にすし詰めにされ、朽ち果てようとしている。十三万人も拘禁されているなんて！　アメリカだってそんなに多くはない。一年間に最大千人裁くとして、いったい何年かかるのか」

彼は弁護する相手を選ばない。弁護するのが犠牲者のこともあるし、ジェノサイド犯罪の被疑者のこともある。

ジェノサイドの責任が問われるのは、以下の四分類にあてはまる者だ。

1. ジェノサイドを主導する立場にあった者たち。つまり人々を操り、殺戮を命じたり、助長したりした者で、司祭、教師、知識人、政治家、地方自治体《コミューン》[18]の長などだ。みずからの意思で強姦、殺害を行った者もここに入る。
2. 命令に従って、または強制されて殺害を行った者。
3. おそらく殺害はしていないが、傷害または身体切断の罪を犯した者。

4. 略奪、破壊、窃盗、占有侵奪のような財産権侵害を行った者。
みずから罪を申し出たか、拘禁後に自白したかによって刑の軽減がある。

立ち去るまえに弁護士はこう締めくくった。「結局重要なのは、混乱状態を収めることです。わたしは楽観しています。ルワンダ人はなんとか乗り越えるでしょう、そうならないはずがない。でなければなぜわたしはここにいるのでしょう」


一人になってわたしは、まだケニアに住んでいたとき、ルワンダでのある処刑にかんする記事を読んだことを思い出した。

処刑にかかった時間は約五分。死刑囚たちは手足を柱に縛りつけられていた。警察官たちが狙いを定めやすいよう、各囚人の胸には的があった。

ニャマタ競技場に設置された処刑場に徒歩や自転車でやってきた人々は、子どもをつれていた。この近くにある教会は、国内にいくつもあるジェノサイド記念館のうちでも最大のもののひとつだ。

死刑囚たちの顔は黒い覆面で隠されていた。警察官たちも、装着しているシールドのおかげで個人が特定されることはない。

一九九八年四月二四日の午前一一時二分、銃殺刑執行を命じられた小隊は射撃を開始し、四〜五分間撃ち続けた。群衆は拍手したが、その場は重い空気に包まれた。白衣の医師が脈を確かめにいくと、何人かはまだ動いていた。一人の警察官が拳銃でとどめを刺した。その後、兵士たちが遺体を柱から降ろし、灰色の毛布に包んで運び去った。その日はほかに十七人が、さまざまな地方自治体《コミューン》で処刑された。

途方にくれる男

彼はもう長いことアフリカで暮らしてきた。ノルマンディを出たときは二十二歳だった。生まれたのはアフリカだ、ここで本当の意味で生まれたのだと彼は言う。それ以前には自分は存在していなかった、何も感じていなかったと。

「西洋文明には興味がないんだ。安楽な暮らしに窒息させられている。無菌化され、冷凍され、満腹だ。それでいて、あらゆる国の人間を規格化したがる。アフリカというこの別世界に出会って、ぼくは激しく動揺してしまった。ぼくをこの世に生み出してくれたのはアフリカだ。ぼくらが理解しないといけないのは、ほかと異なる者でいるという義務だ。人は、ほかと異なる者でありつづけないといけないんだ」

彼は黙り込んだ。うんざりしているように見える。自分の思考の世界から出てしまったので、早くも自分を責めているようだ。けれどもまた同じ調子で、あたかも自分自身に語りかけるように続ける。

「ぼくは知ってるんだ。この目で見た。フランスが何もかもだめにした。約束を守らなかった。この国の人たちを裏切ったんだ」

とんでもないことが起きるから警戒しろと伝えようとしたが、耳を傾けてもらえなかったという。誰も彼の話を聞きたくなかったのだと。

彼は夢を糧に生きる男だ。自分を見捨てた土地との最初の出会い、そのときの啓示、かなわぬ愛。こうした過去を生きる男だ。激しく揺さぶられ、たんに一人の人間でいることを許さないような、逆向きの力で引き裂かれていると感じている。

心のなかに根を張った悲観主義や絶望からは、もう逃れられない。

彼は行き先を見失ってしまったのだ。舵がきかない船の哀れな水夫のように、途方にくれている。船酔いしているのだろう。自信なさげな声を聞けばそうとわかる。まだ若いのに、深い皺が刻まれた顔からも読みとれる。髪の房を幾度となく神経質にかきあげる仕草にも見てとれる。髪を直しているように見えて、それは神への懇願の所作なのだ。

小説家

「ジェノサイドは究極の〝悪〟です。いかなるフィクションも現実のジェノサイドをとらえることはできません。しかし起こってしまったジェノサイドを語らずに、どうやって書けますか？　あれが実際にどういうものだったかを理解してもらうには、情動の力が助けになるでしょう。最悪なのは沈黙です。無関心の壁を破らなければ。ジェノサイドの本当の意味を、何十年ものあいだに積み重ねられた暴力[19]を、理解してもらうのです。

アフリカの口承文化が、このような出来事の集合的記憶の保全を妨げてきたのかもしれません。やはり書いて残すことが必要なのです、起きたこと、知るべきことを永久保存するためには。小説家は、人々が耳を傾けてくれるよう、秘められた記憶を清められるよう、後押しできるのです。裂けた傷口に薬を塗り、わずかでも希望をもたらすような何かを語れます。

種は土の中に埋もれています。植物はいったん枯れても、再生のために種を残すのです。犬たちは死体を喰らい、狂犬病にかかりました。鳥たちは死体の眼を貪りました。苦悩の木から、平和の果実を収穫するのです。

和解についてですか？

〝悪〟の存在を認めなければいけません。そして正義によって祓うのです。真の正義を獲得するための挑戦によって、〝悪〟を祓うのです。

そうしなければ恐怖は残るでしょう。恐怖はまだそこにあって、なくなってはいません。

制裁を受けない犯罪は、別の犯罪を引き起こすでしょう。フツはツチを恐れています。なぜならツチは政権についているから。ツチはフツを恐れています。なぜなら政権を奪われるかもしれないから。恐怖はこの国の丘の上にとどまったままなのです」

コンソラートに起きたこと

コンソラートの表情は不思議なほど穏やかだ。素肌は銅や象牙のような光沢を放ち、華奢なからだは歩くリズムに合わせてかたちを変えていく。

雨が庭に降り、花を潤し、時間を溶かすとき、雨はコンソラートによく似合う。

彼女の眼はビロード。ほほえみはマンゴーのように甘美。

ときどきふいにコンソラートが振り返ると、シルエットはくっきりとしたアラベスク模様を描く。それに土の薫る恋を思わせる、腰のくびれ。

コンソラートは小声で話す。けれど言葉は明晰で、聞き手を身震いさせる。彼女はことさら自分を押しつけず、ありのままに話す。

父親は亡くなり、母親と兄弟一人は刑務所にいる。姉妹二人は町のどこかにいる。国は永遠になくなってしまった、とコンソラートは考えている。彼女はここにいるけれど、もうずいぶんまえから、戦争とジェノサイド以来、ここにはいない。コンソラートは、彼女を裏切り、打ち捨て続けるこの国のことを認めない。ここにはもう、すがるものなどないのだから。それでも彼女は日々の動作を取りもどした。とはいえそれは、蘇りはしたものの、もはや味気ない生活のありふれた動作だ。コンソラートは独りきりだ。これから幾世紀たっても独りのままなのだ。彼女を見るとそんなふうに思える。

コンソラートは定期的に刑務所の母親を訪ねていく。衣類と石鹸、わずかな食料を届ける。老いた母は、ほかの大勢の女囚たちのなかにいる。娘は母に近づくことも、触れることもできない。二人は互いに離れたところから話しかける。あまりに隔てられた二人。母に聞こえるよう、ざわめきの上、絶望の上を感情が越えていくよう、コンソラートは大きな声を出す。しかし言葉は、ひしめく肉体の波間に消えてしまう。

目に見えない仕切りの向こうにいるこの女、弱って打ちひしがれ、何の価値もないように見えるこの女。コンソラートはもうこの人を母とは思えなくなっている。二度と会いにはくるまい、二人ともあまりに辛くなるから、とコンソラートは思う。この場所には、もはや娘も母もいない。

裁判日程は決まっていない。拘禁がいつまで続くかもわからない。母をそこから出すためのあらゆる努力は報われることがなかった。今ではもう新たな国家の複雑な機構が動きだしていた。だからコンソラートは、もう母を失ったのだ、母はあと数週間あるいは数日すらもたないだろうと思っている。老いた母は痩せこけ、干からびた両足で弱々しく立っている。皺が深く長く刻まれた、苦しみの仮面をかぶっているような顔。コンソラートは母の眼のなかに過去の痕跡を探すが、両眼は影に覆われ、何も映し出さないスクリーンのようだ。

それでコンソラートは、未来をすっかり諦めた。もう彼女には将来などない。日々はただ長く、焼けつくような待ち時間でしかない。そうでなければ、別の場所に行ってしまいたいという欲求でしかない。世界が広がっているのは、連なる丘の向こう側だ。死からも、この刑務所からも遠く離れたところだ。彼女の記憶が捕えられ、凝固し、時間のなかで止まったままのこの場所からは、あまりに遠く隔たったところだ。

コンソラートは、初産を終えたばかりの猫に近寄った。子猫たちはしきりに乳を飲み、母猫は目を閉じてごろごろ喉を鳴らしている。コンソラートの視線は猫たちに釘づけだ。首をかしげて見入っている。生命の神秘に深く心打たれているのだろう。彼女は動物たちの幸せを見つめずにはいられないのだ。ふわふわの子猫たちが絡まりあって、満足した母猫の暖かな毛の中にもぐり込んでいる様子を、じっと見つめずにはいられないのだ。

プロジェクトリーダー

ジェノサイドが起きたとき、「農業プロジェクト」は活動停止した。かつてのスタッフのなかに、亡くなった人、亡命した人がいるのはわかっているが、まったく足取りがつかめないスタッフも多かった。

あれから数年が過ぎ、プロジェクトリーダーだった彼は、ジェノサイドのときに置き去りにした同僚、運転手、研修生、秘書、会計士を捜すため、ルワンダに戻ってきた。彼らの行方をたどり、もしも亡くなっていた場合には遺族と連絡をとろうとしている。

給料も支払うつもりでいる。大混乱と極限の恐怖のなかでプロジェクトが中断され、スタッフが受け取れなかった給料だ。

彼にはわかっている。外国人を退避させる飛行機に乗った自分は、スタッフたちを見捨てたようなものだったと。あのときルワンダ人の同僚たちは、連れていってくれ、せめて子どもたちを、妻を連れていってくれと懇願していたのに。

自分に無関係な戦争で彼らと死ぬだって？　何のために？　間に合ううちに逃げるしかない。激震が走った直後は、冷静な判断などできなくなっていた。この激しい暴力はいずれ外国人も標的にするだろう。ただ恐ろしかった。恐怖にとらわれていた。恐怖心が一気に膨れあがるのを感じていた。

過ちを償い、罪悪感を鎮めるやり方は人それぞれだ。もしプロジェクトが再開したら、少しは死者たちの慰めになるだろうか、と彼は考えている。忘れるまい、ジェノサイド以前、ともに働いた日々を。忘れるまい、プロジェクトを復興させるために。すべてが正常に戻り、かつてのように仕事ができたらと願わずにいられない。プロジェクトが再開したら、そのときやっと心が休まるだろう。時間の針はきっと戻せると信じたい。逃げ出したせいで背負った巨大な重圧から心を解放したい。赦免されたい。和解と赦しがほしい。その一念で彼はこの国をくまなく駆けめぐり、捜し、ようやくかつてのスタッフの何人かを見つけ出したのだった。

帰国したら本部に報告書を出し、それからプロジェクト再開を訴えるつもりだ。「再開したなら、静かに死ぬことを許されたと思えるだろうね」とプロジェクトリーダーは言う。

仮面を蒐集する男

彼の家に着いたとき、居間には二人の先客がいて、彼が書斎にいると教えてくれた。わたしは待つことにした。腰かけたとたん、美しい仮面が目のまえの袋から顔を出しているのに気づいた。先客たちのわきには、別の大きな包みがあり、ここにもさまざまな大きさの仮面が詰まっている。彼らはアフリカの美術品を扱う商人だった。この地域のあらゆる紛争、とくにコンゴ民主共和国の紛争のせいで[20]、キガリでは多くの骨董品が売られている。買い手は、さまざまな国際組織に雇われた大勢の外国人たちだ。

二人の男たちはひそひそと話し合い、わたしのほうを窺っていた。何か買いたいかと訊いてきたけれど、断った。

居間の壁を飾る仮面を眺めようと立ちあがったちょうどそのとき、彼が入ってきた。商人たちと二言三言交わすと、わたしに向かって、「興味があるかね、見にきてごらん」と言った。

彼について玄関ホールのようなところを通り抜け、長い廊下に出ると、どこもかしこも仮面でいっぱいだった。丸みを帯びたもの、四角いもの、穏やかな表情のもの、不気味なもの。大きな歯がついているもの、口を閉じたり、目がとび出たりしたもの、目を閉じたもの。陽気な仮面、聖なる仮面、びっくりした表情の仮面。見るも恐ろしい仮面。アフリカの伝統的な宗教が、みだりに人目にさらすことを禁じている仮面。暴力の仮面。

廊下のいちばん奥で、彼が寝室のドアを開けると、聖なる仮面たちが鋭いまなざしを向け、こちらを圧倒した。

彼はどの仮面もよく知っていて、ひとつひとつを手なずけていた。眠くなると、ここで、仮面たちの静寂がどよめくなかで横たわるという。ベッドの上では、彼はもはや一個の身体でしかなかった。仮面たちはその周囲で見張り、息をしている。

仮面蒐集家は、昼のあいだは、ジェノサイド犯罪によって起訴された囚人たちに付き添う仕事をしている。囚人たちの閉鎖された世界で一緒に働きながら、刑務所での生活を少しでも改善するための方法やその導入のタイミングを測っていた。その恩恵を受けられるのはわずかな人々だけだったし、計画はまだ実験段階でしかなかったけれど。

大量殺戮の狂乱に身を任せ、絶対的な〝悪〟のなかで自分を見失ったこれら囚人たちが、人間性のわずかな一部でも取りもどすのに、彼の行いは役に立つのか、どうなのか。

仮面蒐集家は目を閉じた。何を忘れたくて目を閉じるのだろう？

夜。ベッドまで歩く。しわだらけのシーツに、薄い毛布をかけただけの粗末な寝床。極まる孤独。あまりに孤独なために、眠りたいという欲求は、いっそ挫折してしまいたい、何もかも投げ捨ててしまいたいという願望にとって代わってしまうのだ。

何本もの矢が彼のからだを貫き、苦しめる。極限の〝悪〟、〝悪〟そのものが、彼の夢につきまとう。眠る。瞼の裏には何が？　夢を見る。どんな悪夢を見るのか？

ジャーナリスト

「ジェノサイド開始から数日間、フツの暫定政権は情報操作の攻勢をかけました。当時は誰もそれに気づきませんでした。というのも暫定政権は国際人道支援を要請し、即時停戦を求めていたからです。こうして彼らは、大量殺戮の原因は予測も制御も不可能な部族間暴力の爆発にあると、国際世論の大勢にまんまと信じ込ませたのです。[21]

われわれの多くは策略にはまりました。彼らの態度はひじょうに礼儀正しく、言葉遣いはとても洗練されていて、服装も優雅でしたので。彼らがツチと、反体制派とされた人々を皆殺しにするつもりだったとは、信じられなかったのです。そんなことは考えもしませんでした。

それに四月七日にはアガト・ウィリンヂイマナ首相と、彼女の警護を担当していた十人のベルギー人兵士の暗殺が注目を集めました。この結果、外国人が退避し、PKO軍のUNAMIR（国連ルワンダ支援団）が撤退しました。それらが国際的な優先事項となったのです。[22]

ルワンダの農村地帯は近づくのが困難なうえ危険だったので、実際に何が起きているのか、見にいこうとしたジャーナリストはほとんどいませんでした。戦後、たくさんの遺体を埋めた巨大な穴がルワンダのあちこちで発見されましたが、そのほとんどは、農村地帯で見つかりました。[23]

ジェノサイドが続いているあいだ、南アフリカではネルソン・マンデラが大統領に選ばれようとしていました。世界は、アパルトヘイトの真の終焉となる歴史的瞬間を祝福しようと、マンデラに注目するほうを選びました。

大国の政府は、ルワンダで大量殺戮が行われていると知っていました。しかし迅速に対応せず、これがジェノサイドだということも、なかなか認めませんでした。

ルワンダ政府内の急進派を阻止し、彼らの計画を早急に止めるには、小規模な軍事介入で十分だったでしょう。しかし国連は本来の役割を果たそうとしませんでした。[24] 最終的に現地介入したのはフランスでした。でもフランスはどんな役割を果たしたでしょう？　たしかにフランス軍は〝トルコ石作戦〟によって人命を救いました。しかしそのとき多数の殺人犯たちも、フランス軍が警護する〝人道地帯〟を安全な通り道として利用し、逃亡しました。

したがってフランスとベルギーは、ジェノサイドを行った政府を最後まで支え続けたといえます。多数派民族のフツが政権についていれば、民主主義が守れるというのが両国の主張だったのです。けれども大量殺戮は、エリート層による政治的操作の産物そのものでした。彼らは権力保持のため、多数派民族を駆り立て、少数派と対立させ、同時に憎悪と分裂を社会に撒き散らしたのです。

われわれ地球上の人間はみな、この人道上の失敗に責任があります。

そして紛争は今日も続いています。フツの反政府ゲリラが散発的に、しかし定期的にルワンダに侵入してきています。現政府は攻撃したり、反撃したりしています」

未来とは、何からつくられるのだろうか。憎しみがふたたびすべての人の心を支配したとき、同じことが繰り返されないと誰が断言できよう。暴力の連鎖を止めなければ。あらゆる形態の大量殺戮を告発しつづけなければ。死は日々、蜘蛛のように巣を張り巡らし、獲物を待ち構えている。

キガリ、アマホロ・スタジアム[25]に近いミギナ界隈にて

ネリーのこと

軽食堂に改装された小さな家。けばけばしい青い色で壁が塗り込まれている。どこかの画家が描いた太った男は、並んだビール瓶の前で女の腰を抱いている。背後には、二人を見張るように、巨大な黄色のコンドーム。

ネリーはテラスの日陰に腰かけている。顔の半分が隠れる帽子をかぶり、花模様の長い

裾のワンピースを着ている。ひどくほっそりしている。というよりむしろ痩せこけている。

わたしたち一行に気づくやいなや、彼女は立ってきて声をかける。辻褄の合わないことをまくしたて、盛んに身振り手振りをする。顔に皮膚病のような大きなしみがいくつかある。そこに白っぽいクリームを塗っているので、肌に生気がない。彼女は、わたしたちの視線が顔のしみに集中しているとわかっている。わたしたちの目つきから読みとっている。わたしたちは腰かけ、ネリーが出したビールやファンタを飲む。けれど彼女はそばにはいないで、遠くから黙ってわたしたちを観察している。

突然ネリーが、「あたしの家族を見にきて」と声を上げ、家の内部へと誘う。

小さな部屋には大型のベッドがある。マットレスに沈み込んで、六歳くらいの少年が眠っている。蒸し暑いせいか、汗びっしょりだ。二つの細い窓から光がかろうじて差し込む。

ベッドの足元では、若い女性が白い大きな盥《たらい》で幼い男の子を洗ってやっている。子どもは手足をよじって泣いている。臍が突き出ていて、出産後、間をおかずに産院を出たことがわかる。美しい女性だ。ゆっくりとした仕草で子どもをなだめている。

「これは娘なの。あたしはおばあちゃんなの」とネリーは宣言するや、眠っている少年に近づき、囁く。

「これは愛しい子。神さまが授けてくれた」

彼女は乱暴に少年の腕をつかみ、力を込めて揺さぶる。少年は目を開け、わずかに抵抗するが、また仰向けに寝てしまう。ネリーは大きな笑い声をたて、娘がワセリンを塗っている幼児のほうに近づく。その子のおしりをぴしゃぴしゃたたくと、「あたしが望んだ子じゃない。戦争から生まれたんだ。どうしろっていうんだい」と言う。そう言いながら、いまにもこの子を打ちのめしてしまいそうだ。ネリーの娘が顔を上げずに何か言った。ネリーは手を止めて幼児を抱き、唇にキスする。

ネリーはわたしたち一行に、中庭の小さな菜園も見せる。

「ごらんなさい。たいしたことはできないけど、とにかくやってみないとね。あそこにはヘビもいるけど、へっちゃらさ。ネリーはヘビなんか怖くない。片手で捕まえて、こんなふうにもって、絞め殺してやる」

彼女はこぶしを握り、右腕を顔の高さに上げる。見ていると、身をよじるヘビがそこにいるような気がする。

ネリーが急に叫ぶ。

「ネリーのことを思い出して。忘れないで。ほんとに、辛くて厳しい世の中なんだから」

そう言って泣きだしてしまった。泣き声がかすれている。

わたしはネリーに近づき、紙幣を一枚渡した。

「あの、ほんの少しですけど、よかったら」

彼女は「こんなにたくさん！」と驚く。そしてわたしの片腕をつかみ、強く引きよせ、両頬にキスする。わたしは内心ひどく狼狽《うろた》えた。即座に顔に手が行きそうになったが、なんとか抑える。ネリーは感謝の言葉を投げ続けたが、もうわたしの耳には入らなかった。ただ顔に水をかけたいとばかり思っていた。ネリーに申し訳なくて、心のなかで自分に言い聞かせた。「人生とはこういうものだ。人々に近づきたかったら、望もうと望むまいと、まずはわたし自身の存在に人々が入り込むことを受け容れなくては」

戸口でネリーはふたたび言った。「ネリーのことを思い出して。あたしが死んだら、お葬式に来てね」

なぜそんなことを言うのか、わたしにはよくわかる。からだに病が巣食っているのだ。彼女はあまりにやせ細り、あまりに弱々しい。

外の光が眩しすぎて目がくらむ。

キガリで耳にした物語

未亡人が一人で暮らしていた。ジェノサイドのあいだに夫は亡くなった。一人息子は彼女の目のまえで、隣人によって殺された。彼女は民兵たちに強姦された。道端に置き去りにされたが、生き延びた。

戦争が終わると未亡人は、それまで暮らしていた自宅に戻った。息子を殺した隣人も、もとの生活と仕事を再開した。

ある日未亡人は重い病気にかかった。もうすぐにでも死ぬのだろうと思うほどだった。このとき看護のために彼女を訪問した看護師は、例の隣人であった。看護師は、数日間未亡人を看護した。おかげで彼女は元気になった。この訪問看護を通して、二人のあいだに愛が芽生えた。未亡人は隣人に身をゆだねた。

すると近所の住民は眉をひそめた。

「こともあろうに、息子を殺した男と暮らすなんて」

未亡人のほうはこう返した。

「わたしが病気で苦しんでいるとき、あなたたちはどこにいたの？　あの人はわたしの命を救ってくれた。戦争以来、具合がよくないの。エイズを発症しているかもしれない。でもあの人はこの病気を共有してくれた。同じようにしてくれる人がここにいるかしら？」

彼女がまだその隣人と暮らしているのか、今では二人とも死んでしまったのか、あるいは隣人が誰かに告発され、刑務所に入れられたのか、物語はあきらかにしない。

男は、自分の罪を未亡人が知っていると気づいていたのか、なぜそれほどに彼女を世話したのか、エイズウィルスに感染しているかもしれないと思っていたのか、そうしたことも語られていない。

これは実話なのだろうか。民族間の結婚を思いとどまらせるつくり話だろうか。殺人犯はこんなふうに人々のなかに紛れ込んでいる、今は善行をなす人でも、かつては殺人犯だったかもしれないと、物語は示そうとしているのか。

この女の愛は非難されるべきだろうか。男はこうして罪を償ったのではないだろうか。

二人の愛は死から生まれた。死はここでは始まりであり、終わりでもある。死は愛であり、絆なのだ。

最初の帰還

そう、わたしはルワンダに行った。しかしルワンダはわたしの国にもある。見捨てられた死者たちの血と怒りを抱えて、難民たちは世界中に散らばった。

そして今わたしは自分の国で、帰属するとかしないとかを耳にするのが怖い。分けること、ことさらに「外国人」を拵《こしら》えあげること、排斥という観念をつくりだすこと。人はそもそもどのように民族的アイデンティティを身につけるのか。人を暴力へと駆り立てる、「他者」に対する恐怖はどのように生じるのか。[26]

ある日、いつもの暮らしが消えてなくなり、混沌がとって代わる。憎悪の種は、それまでいったいどこに隠れていたのだろう。理性が完全に失われた夜、もし大量殺戮の歯車に巻き込まれたなら、わたしは何をしていただろう。裏切りに抵抗しただろうか。卑怯者だったか、勇敢だったか。殺していたのか。殺されていたのか。

ルワンダはわたしのなかにある。あなたのなかに、わたしたちのなかにある。ルワンダはわたしたちの皮膚の下に、血のなかに、腸《はらわた》のなかにある。ルワンダはわたしたちの眠りの底にある。目覚めているときの心のなかにある。ルワンダは絶望、再生しようとする欲求。ルワンダはわたしたちの生につきまとう死、死を乗り越える生。


人間性を取りもどす道をけっして断ち切ってはならない。

世界は壊れていない、わたしたちにはたしかに人間性があると、心のなかで歌い続けよう。ハミングするように。

死者たちの怒り

死者たちの魂は、いつも生者たちを訪ねてきていた。生者を見つけると、なぜわれわれは殺されたのか、と訊ねるのだった。

町の通りは、むっとするような暑気のなかを往き来する魂、くるくる舞う魂でいっぱいだった。死者たちは生者のそばに立ったり、背中に乗ったりした。並んで歩いたり、周囲で踊ったり、雑踏のなかで小路を横切ってついていったりした。

死者たちは話したかったのだ。時間がなくて話せなかったこと、奪い取られ、舌から切り取られ、口からもぎ取られた言葉をぜんぶ話したかった。けれども誰にも何も聞こえなかった。

町のどこにでも死者たちはいた。死者がせわしなく脇をすり抜けていくときなど、人々はその気配を感じるのだった。

そういうとき、死者たちは急いで家に帰ろうとしていたのだ。今も自分のものである愛おしい場所に戻り、かつて知っていた人々に会おうとしていたのだ。

そこにはもう廃墟しかなかった。それでも石がひとつ残っていたら、過去を見出すには十分だった。

魂たちは、日常生活を送る生者のあいだを漂っていた。生者の記憶は薄れ始めていた。

傷口は悪夢を内側に閉じ込めながら、皮膚の下に隠れようとしていた。

忘れられ、約束を破られた死者たちの怒りを予想しておくべきだった。見てのとおり、すでに生者たちは暮らしに引っ張りまわされ、もうどちらを向けばいいかわからなくなっていた。今日、明日をどう生きるかばかり考えて、心のどこかで抵抗を感じながらも、こまごまとした日課に追われていた。抗いたいという気持ちや、どんなものだろうと過去に似たものは拒否したいという強い気持ちを失いそうだった。いつしか生活にいそしむ喜びを感じるようになっていた。

そこで怒りに駆られた死者の魂たちは、空き地の真ん中、瓦礫のあいだにある、彼らの血と苦痛をすすった場所に集まり、肉体が最後に上げた叫びをふたたび発した。すると風は、死者たちの怒りを運び、生き延びた者たちの鼓膜を貫きにやってきた。生者の気持ちは不安に沈み、もはや日も夜も耐え難い時間となった。

死者のなかには、怒りがあまりに激しいため、あの世に旅立つ刻限が迫っても、頑なに出発を拒む者たちがいた。とくべつ強い怒りを抱いていたのは、頭部を切断され、あらゆる人間を恨んでいた、ある死者だった。彼に豪雨が味方した。

土砂降りとなった。憤怒の雨は、あの世には行くものかと呻いた。地を激しく打つ雨音は、いやだ、去りたくない、まだやることがたくさんある、こんなふうに行ってしまうには人生を愛しすぎていた、と訴えていた。

「いやだ！」

叩きつけ、わめき散らし、抵抗し、死者をこの世に留まらせろと要求する雨。

死者は唸った。

「こんなに早く死んでしまうなんて、なぜだ、なぜこんなふうに。誰がわたしの言葉となり、目となってくれるのか、わたしが始めたことを、誰が引き継いでくれるのか？」

やがて死者は風に乗り、四方を駆けめぐった。風が家から家、庭から庭へと吹きまわると、雨はいっそう激しく降り、生者たちは家に閉じこもり、すべてのことが停止した。

死者は、地上に残りたいと異議を唱え、議論を吹っかけ、取り引きしようとしたが、答える者はなかった。誰もが自分の苦痛に閉じ込められ、嘆きと後悔に耳を塞がれていた。

死者が叩いた戸や窓が開くことはなかった。「なぜわたしを見捨てるのか？　わたしが死体になったら、もう誰だかわからないのか？　おまえたちのそばにいるのに、感じないのか？」


生者たちは、遠い丘で暮らす呪術師を呼び寄せた。

時間の世界の秘密に通じた尊者は到着すると、雨に敬意を表したのちに風のほうを向き、激怒する魂の語りに耳を傾けた。どのように殺害されたか、首を切られるまえにどんな屈辱と拷問を被ったのかを聞いた。

死者が語り終えたとき、呪術師は鎮魂の言葉を幾度となく唱え、こう続けた。「わたくしとて、悲しみに暮れる者であります。しかしこのわたくしの苦しみなど、残忍な心によって切断されたあなたの苦痛の、ほんの縁《ふち》にさえ及びますまい。記憶が傷口のように開くこの夜、沈黙と喪の家にわたくしを迎えてくださるよう、あなたに、すべての死者に謹んでお願い申しあげます。幾千ともしれない死者全員に身を晒しましょう。何も纏わぬわたくしに、燃えるまなざしをお向けください。あなたがたの前では、わたくしは傷つきやすく無価値な存在です。

あなたがたの苦痛の敷居をあえて跨ぐ者、怒りの流れを乱す者、これはいったい何者かと訝っておられることでしょう。

わたくしは、真実を幾ばくか求める者です。われらの暴力の深い淵で、途方にくれる者です。生者たちに、もうひとつの可能性を与えるようお願いする者です」

呪術師はここまで語ると口を閉じた。

そして真っ白な若鶏を運ばせると、腹をすばやい一撃で切り裂き、内臓を取り出した。そこに隠された兆しを読みとろうと地べたに座り込んだ彼は、かなり時間をかけて凝視していた。やがて探していたものが見えたと確信すると、しきたりどおりの供物を捧げ、風に向かい、そこにいた誰も意味を知らない言葉を投げかけた。

雨音は突然止んでいった。聞こえるのはもはや、あの死者の単調な嘆き、繰り返される絶望の声だけだった。

やがて、いつもの物音がしてきた。声の断片、呼びかけ、物を動かす音、唸りを上げるエンジン、どこか通りの奥からする機械音、ラジオから流れる音楽……それらがどっと沸きおこった。人々は家から出て、おずおずとぬかるんだ通りに踏み出した。もう雷鳴は、はるか遠くからしか聞こえなかった。自然は、ようやく落ち着きを取りもどしたかのようだった。

死者が、もう抵抗を終わらせるときだと悟ったのはこのときだった。彼は死者の国へと旅立つ覚悟を決めた。空から雨粒がひとつも落ちてこなくなったとき、死者は立ち去っていた。

そこで呪術師は、生者たちに語りかけた。

「死者たちをならわしに従って埋葬するときがきた。干からびた遺体、野ざらしで傷んだ遺骨を葬り、死者への敬意にみちた記憶だけを残しておこうではないか。記憶とは、錆びついた剣に施される修復の手技、日照りのさなかの雨だ。泣きぬれた王女の髪にそっと載せる冠、悲しみにやつれた母のための肩飾り、愛する者の不在に打ちひしがれる男に着せてやる艶やかな光の衣だ。

死者たちを埋葬するのだ。平和に暮らすわれらを見に、いつでも戻ってこられるように。死者たちがもうわれらを呪わずにすむよう、剝き出しで不名誉なさまを人目から遠ざけるのだ。かつて憎悪に覆い尽くされ、埃と暴力にまみれた骨たちが、この憎悪を背負わぬよう。生がわれらに、「生きよ」とまた語りかけてくれるよう。

われらが取りもどした生の秘密をすべて明かしたまえと、死者たちに祈り求めるのだ。

死者を蘇らせるのは生者のみ。われら生者なしでは、死者は無でしかない。だがまた死者なしでは、生者は虚しいだけである」

呪術師は、いま話したことをみなが理解したか確かめ、そして体内にあと少しの力を取り込むため、いったん言葉を切り、それからまた話した。

「死者たち自身が、生き続けよとわれらに求めている。かつての暮らしを取りもどし、彼らが二度と語れない言葉を、また語ってほしいと願っている。

われらの絶望と嘆きで道を遮れば、死者は戻ってこられまい。

扉を開き、死者たちが落ち着く場をここにつくり、われらの生きざまを見せるのだ。愛情や友情から、あるいは義務から、死者たちを思い出していると知らせるのだ。

死者たちの永遠の世界とは不思議な世界だ。そこは神々が魂を判定し、傷や切断とともに迎え入れる場だ。だが打ち捨てられ、犬やカラスたちに喰われた遺体を、どのような儀式で清めたらよいかと、おまえたちは問うだろう。悲嘆にくれる死者たちの魂の前に進み出て、手を取り、眩い光のもと、炎の階段をのぼり、全創造の最初の輝き、曙のうすあかり、草の上の露を通りぬけ、自由の道へと導けばよいのだ。

時は年をとらぬ。三百六十六日も、一瞬の閃きも、同じ長さの時でしかない。過去においても、未来においても、すでに完了した瞬間にわれらが到達する距離はいつも同じだ」

ここで呪術師はふいに調子を変え、どこかすがすがしい様子で語りだした。そのすがすがしさは、さっとあたりにも広がった。

「死んだ者たちの命は、どんな小さな生命のかけらにも蘇るだろう。言葉やまなざしにも、なにげない仕草のひとつひとつにも蘇るだろう。土ぼこり、揺れる水、笑って手を叩いて遊ぶ子どもたち、黒土の下の種にも蘇るだろう。

そして魂たちは、それぞれ望む場所に立ち去るだろう。もはや苦悩する魂としてではなく、きらめく光の筋として。

死んだ者たちが安らかに眠れるよう、われらの生が罪悪感の重荷から解放されるよう、なされたいかなる悪事も正当化してはならぬ。

われらは、自分の大きすぎる声を抑え、地下からの囁きに耳を傾けよう。

その囁きは、激しい感情をどのように払いのけるか、生に積もった埃を掃い、厄介な石を取り除くにはどのようにしたらよいかを教えてくれるだろう。

ともに死者たちに懇願しようではないか。荒廃に沈んだままのこの国の状況をさらに深刻にすることなかれ。たとえわれら生者が赦しに値しないとしても、苦しめることなかれ。

われらが弱く残酷であっても、人間性を認めたまえ。

われらは大地を穢し、太陽を蹂躙した。希望を踏みにじった。

それでも、復讐するなかれ。われらの頭上に悪魔の群れを送るなかれ。畑を台無しにする恐ろしい干ばつをもたらすことなかれ。われらの腸《はらわた》を喰らうなかれ。両眼をえぐることなかれ。われらの未来をつくるものを呑み込むことなかれ。われらの心を、生存の炎のなかで焼くなかれ。

死者たちを鎮める言葉、なだめる祈りを探しだすのだ。生きるための活動のただなかで、われらが見捨てられぬよう、人生が際限のない責め苦にならぬよう、死者たちに呼びかける言葉を探すのだ。

死者たちの魂が天まで昇り、われらには近づけぬ王国を見出さんことを。死者たちがわれらの天空の星々であらんことを。幾世代を経てもなお闇夜に輝き、われらの夢を冷徹な光輝で満たさんことを。

われわれのうちには、死者の王国から戻ってきた者はいない。死者たちがどうしているか、ようやく平安を得たのか、あるいは拠り所を求めているのか、誰も知らない。死者たちはまだ兄弟間の憎しみの傷と切断の記憶を背負っているのかどうか、誰も教えてくれぬ。

いずれわれらが死者の国に赴いたとき、どう迎えられるのか、誰にもわからない。死者たちに裁かれ、永遠に追放されるのではないか、懊悩へと追いやられるのではないかと、われらの不安は尽きぬ」

ここまできて、呪術師の声は厳しく冷淡になった。

「男たち、女たち、報復の欲求に用心せよ。暴力と復讐の絶えざる循環に用心するのだ。死者たちは安らかではない。なぜなら、おまえたちの心がいまだ憎しみに貫かれているからだ。戦争の灰はまだ燻っている。

予兆は不吉だ。現状は満足いくものではない、思い違いをしてはならぬ。国の中枢には、あまりに多くの不公平が居座ったままだ。年長者の過ちのつけを若者たちが払っている。群れになった子どもたちが、赤く燃える記憶が、国じゅうをのし歩いている。希望はごくわずかだ。今とは別の未来の誕生など、ほとんど誰も信じていないのだから。

和解の日はくるだろうか。

おまえたちはともに暮らしながら、互いに逆の方向を見ている。生き延びるために共生しているが、誰も最初の一歩を踏み出そうとしない。

予兆はこうだ……国全体が喪に服している。苦悩は寄せては返す波のようにやってくる。

しかし波がおまえたちを呑み込みそうになったら、思い出せ、おまえたちの感情を支配するのは、おまえたち自身だ。……」

ここまで言うと、呪術師は踵を返し、丘のあいだに、この国の千の丘のなかに姿を消した。

彼の声

電話が鳴ったとき、イサロは書き物をしていた。受話器を取ると、あの声だとすぐに思った。数年間がたち、彼がようやくイサロに話しにきてくれたのだ。受話器の向こう側で話す彼の言葉が記憶を蘇らせ、波となって押し寄せた。

イサロをまず包んだのは、彼がそこにいるという物質的な感覚だった。ここに、目のまえにいて、イサロに触れようとしている気がした。不意をつかれてイサロは驚き、混乱した。どうしてもまた会いたいという気持ちでいっぱいになり、自分自身も生き返ったように感じた。彼の声は、どのようにして時間を横切り、イサロのところに届いたのだろう。

電話の相手とは翌朝、あるカフェで会うことにした。電話を切ると、イサロは冷静になろうとした。落胆しないですむよう、用心しなければ。同じ声をしていても、この人はローマンと似た顔立ちではないだろう。傷つかないよう、深手を負わないよう、慎重にならないと。こんなふうにして、イサロはとても苦しんできたのだ。夫の死から立ち直るまでに何年もかかった。そのあいだずっと孤独で、幸せになる可能性は、夫とともに消え去ったと思ってきた。からだが干からびるのを感じてきた。

イサロは窓辺に寄った。夜が近づいていた。もう何も欲していなかった。闇がしだいに深まるのを見ていた。空は紫色に染まり、すべては穏やかに見えた。木々の枝は静かに揺れ、木の葉は夕方の風に震えていた。

イサロの心はふと彷徨った。生気を失い、冷たくなったローマンのからだのことを思い出した。あんなことになるなんて、想像すらしていなかった。

イサロは朝早く起きた。時間をかけてシャワーを浴びると、丁寧にからだを拭き、クリームを塗った。髪が艶やかに見えるよう、甘いアーモンドの香りのオイルをつけた。こうした日に何を着るべきか、はたと迷った。寛いでいたかったし、優雅な感じにしたかった。しかし優雅すぎてもだめだ。初めて顔を合わせるのだから、ふさわしい服装にしないと。

ひどく悩んだすえ、スラックスと、それに合う華やかな色のトップを選んだ。ワンピースは好きではなかった。なにより、外見に注意を引きつけるのを避けたかった。その人が本当にローマンなのか、ローマンの心をもっているのか、まずは確かめなければ。その人の本当の性質を感じとりたかった。

準備ができたときイサロは、自分は落ち着いて、自信をもって行動していると思った。

約束の相手が目印を伝えておいてくれたので、イサロは、少し奥まったテーブルに腰掛けるその人のところに迷わずに進んだ。彼はイサロを見ると立ちあがった。握手すると、温かい手だった。ローマンより背が高く、大柄だった。彼がローマンとあまりに違うので、イサロの胸は少し痛んだ。しかしがっかりはしなかった。取りもどしたいのは、ローマンの心だった。

話をしながら、イサロは相手の声の変化に注意深く耳を傾けた。ローマンを感じとれはしないかと探った。そう、ふと、ローマンがそこにいるように思える瞬間もあった。

しかし会話が進むにつれ、そうした感覚は弱まっていった。目のまえにいる人の現実の存在感はあまりに力強く、ローマンの記憶はあまりに儚かった。

それでもイサロは相手に親しみを感じていた。彼の笑顔はすてきだった。手がずいぶん大きくて、農夫か建具職人のようだ。髪を覆う帽子をかぶっていて、細かいことを気にしないたちのように見えたが、じつは言葉を慎重に選び、他人に気遣いをする人だ。あの声に裏切られたわけではなかったのだ。彼はイサロと会って、心底喜んでいる様子だった。

うか。

会話は流れるようで、自然だった。彼もまた長いあいだ、この出会いを待っていたのだろうか。

イサロにとって大事なのは、この人の話をよく聞いて、失われた時間を取りもどすことだった。話をつくったり、冗談を言ったりする余裕はなかった。

相手に質問しすぎだとわかっていたが、抑えることができなかった。この人について、できるだけ多くを知りたかった。

けれども予想外のことが起きた。一匹の蜂が飛んできて、二人の周囲を飛び、顔にも近づいてきた。蜂が一方の口や耳、鼻、髪に近寄ると、もう一方は蜂を刺激しないよう、話しかけずに見つめるしかなかった。蜂はとりわけイサロのほうに寄ってきた。会話は細切れになり、支離滅裂になり、二人とも集中できなくなった。蜂を無視しようとしてもむだだった。どちらも気が張り詰めてしまった。イサロは帰りたくなった。

「そろそろおいとましたほうがいいですね」

イサロは、立ちあがりながら言った。

「きっとあなたの髪のオイルに引き寄せられているのですね」とその人は応じた。

「そうですね。もうこれはつけないようにします」

わたしってばかみたいだ。イサロは思った。対面は気まずい雰囲気で終わろうとしていた。彼女は立ち去るというより、蜂に刺されないよう、できるだけ急いで逃げ出した。なんて無様《ぶざま》なんだろう。一匹の蜂が会話の流れを変えてしまうなんて。あの人はとても残念に思っているはずだ。

イサロはがっかりして帰宅した。何を望んでいたのだろう。ローマンが本当に戻ってくるとでも思っていたのだろうか。それにローマンが戻ってくるために、イサロは何をしただろう。ただ日々を数えて、待っていただけだ。夫の死以来、イサロがしてきたことといえば、日々と、月と、年を数えることだけだった。夫のもち物ぜんぶに囲まれて生きてきた。

その夜イサロは早めに横になった。できることはそれしかなかった。

しかし眠りに落ちると、縊死《いし》したローマンの遺体や、硬直した手足、腫れあがった顔、彼を見つけたときの衝撃、深い苦悩といったものが、入れ代わり立ち代わり夢に現れては消えた。

イサロは、はっと目を覚ました。びっしょりと汗をかいていた。悪夢の一夜。水を一杯飲んだ。「なぜローマンはあんなことをしたのか」という問いが、イサロの頭のなかをぐるぐると回ったが、答えは見出せなかった。「ローマンはどうして自殺したのだろう。あの人はありとあらゆる糾弾を受けた。汚名をそそぐには何をしたらいいのだろう」

ローマンはもういないから、自己弁護もできない。疑いは、人々の記憶に刻まれたまま残ろうとしていた。

それでも戦後二人は、懸命に普通の暮らしを取りもどそうとしたのだ。イサロがふたたび秘書の仕事に就けたので、給料はごくわずかでも、なんとかやっていけた。しかしローマンが仕事を見つけることは、はるかに難しかった。彼は失業状態に耐えられなくて八方手を尽くしたが、誰も彼を雇いたがらなかった。

「ジェノサイドのあいだ、どこにいたのですか?」

この質問を何度聞いたことか。

そしてある日、糾弾が始まった。さまざまな証言にローマンの名が挙がったのだ。彼は民兵の一団とともに、ある一家全員を殺害したとして告発された。一九九四年五月十五日の晩、ンクラニャの家で何が起こったのか。誰がンクラニャの妻と三人の子どもを殺したのか。

イサロはこれについて何も知らなかった。戦争が始まったとき、ローマンとは別れわかれになってしまったからだ。二人は戦後になってようやく再会できたのだった。ンクラニャの家で何が起きたのか、そのときローマンはどこにいたのか、なぜ彼の名が挙がったのか、自殺は罪悪感の証なのか。こうした問いに答えられたら、どんなによかったか。

一緒にいなかった期間のローマンの体験について、二人で話したことはなかった。彼は兄の家に避難していたと言っていた。ローマンにもっと多くを訊ねればよかった。イサロは今、痛切に後悔していた。

周囲の誰もが非難のまなざしを向けているように、イサロは感じてきた。

「ジェノサイドのあいだ、おまえの夫はどこにいた？　おまえ自身はどこにいた？」

ローマンが裁かれていたらよかったのに、そうしたら疑いはみな晴れていたのに。しかし今となってはそれも不可能だ。彼は自死し、真実をもっていってしまった。

死の数日前のこと、ローマンがイサロに訊ねた。「ぼくが無実だと思っているかい？」

イサロはほんの一瞬ためらい、ローマンの目は見ないで答えた。

「あたりまえでしょう。疑っているなら、あなたと一緒にいないわ」

ローマンに気づかれていると知りながら、イサロは嘘をついた。

昼も夜もつきまとう、ローマンを疑う気持ち。これを消してしまえればよかったのに。いつになったら解放されるのか。心の平安を取りもどすには、どんな儀式が必要なのか。


イサロは昨日のことを思った。滑稽に見えたことだろう。蜂のせいで立ち去るなんて。たぶんあの人は、軽はずみな、子どものような振る舞いだと思っただろう。


ローマンの埋葬の日は、数人の身内のほか、参列者はほとんどいなかった。司祭には、自殺だったとは伝えなかった。

喪の悲しみに包まれたのは、むしろ葬儀のあとだった。それまではこまごまとした用件や届け出、書類にかかりきりだった。ローマンのもち物は整理せず、そのまま何ひとつ動かさないと決めていた。いつの日か、彼が戻ってくると固く信じていた。そのときすべてが片づけられ、所持品が残されていなかったら、ローマンはどう思うだろう。

これらの物ひとつずつに魂があり、ローマンはそれらを通して姿を現してくれるだろう。イサロはそう思っていた。長いあいだ、彼の帰りを待ってきた。

イサロは辛い気持ちで目を覚ました。冷たい水で顔を洗い、ローマンの思い出のために設えた小さな祭壇に向かって黙祷した。受話器をとり、昨日の人に電話した。大急ぎで帰ったことを詫びた。

イサロは、またしてもローマンの声を聞いている気がした。しかしもうそのことは、あまり重要に思えなかった。午後に同じ場所でまた会うことにした。

イサロはその人が、奥の同じテーブルに腰かけているのを見つけた。彼はまるで、かなり以前からの知り合いのように迎えてくれた。

「ぼくはジェノサイドのときに最愛の人々を失ったんです」と彼は言った。

「その人たちのことを忘れるなんて、ぜったいにできないでしょう。ぜったいにね。彼らはぼくのなかに一生いるだろうし、代わりになれる人などいないでしょう。でもあれから何年もたってみて、気がついた。時間を止めたままにしておいたらだめだって。ぼくたちは記憶とともに進み、記憶を人生と混ぜ合わせるべきだ。人生から切り離すのではなく、組み込むべきなんだ」

イサロは思わず声をあげた。

「あなたの大切な人たちはいつの日か戻ってくるわ。きっとそうよ」

「いや、もう戻らない。二度と帰らないんだ」

彼はきっぱりと言った。

イサロは下を向いた。

その人はまた口を開いた。

「時間はぼくたちを見張っている。ほかの人々の死から何を生み出すか、見つめている。もしぼくらが失敗したら、もう希望はない。去ってしまった人たちは、彼らの骨が深く埋められた土地を残した。生の再建はぼくたちにかかっているんだ。ぼくたちは長い時間待ち続けた。もう待つのは終わりにするべきだ」

「でもまだあまりにたくさんの疑問が、答えのないまま残されているわ。それに死者たちが、彼らの受け取るべきものを求めてきたら、何を差し出したらいいの？」

「死者たちは、別のかたちで存在するようになったから、何かを要求しにきたりはしないさ。それにぼくたちの疑問すべてに答えが与えられるなんてことは、けっしてないんだ。罰するに値する者たち、つまり残虐行為が国じゅうで猛威を振るよう扇動した者たちは罰せられるべきだ。けれどほかの人々は、罪悪感の重圧から解放されるべきだ」

イサロは黙って聞いていた。いままでこんなふうに話してくれた人はいなかった。この人は、イサロの心のなかの秘密を見抜いたのだった。

イサロは彼に囁きかけた。

「そろそろ名乗ってくれてもいいんじゃないかしら」

「ぼくの名はンクラニャ」と彼は答えた。

「ンクラニャだ」

アナスターズとアナスタジー

彼は今になって、すっかり狼狽えていた。何もわからない、できることもないと感じた。アナスタジーの死に向きあうどころか、逃げ出そうとしていた。オルフェウスのように地の底に彼女を探しにいくどころか、後ずさりしていた。果てしなくある選択肢のなかから、あらたに別の生き方を選ばねばならないのが、恐ろしかった。アナスタジーはいったいどこに行ってしまったのか?

頭がくらくらした。何が起きているのか、もうわからなかった。大気が、彼のからだの内側を焼いていた。周囲の自然が遠ざかっていく。

アナスタジーの死に打ちのめされていた。

彼女を、妹としてだけでなく、愛してきた女性、多くを共有する女性として取りもどしたいと考えていた矢先に、失った。負った傷は塞がりだすだろうと思っていた。戦争前、彼と妹それぞれがみずからに科した傷も、その後の傷も。しかし傷口は開いたままだったのだ。いまさら、どうしたらいいのか。

空はまるで黒い絨毯のようだった。雲が絶え間なく滑っていくので、粉を吹いたようにも見え、縁は明るく光っていた。そこに突然裂け目ができたかと思うと、空の肉のあいだから赤い光の束が射し込んだ。

天空がアナスターズの目のまえに開かれ、そこを陽光が支配しようとしていた。冷たい大気を貫いて、燐光と炎のような光がほとばしり出てきた。アナスターズは、太陽がふたたび生まれる瞬間へと歩み寄った。

これほどのエネルギー、これほどの溶融。それは死者の魂たちがここで消滅し、すべてのエネルギーを置いていったからなのか。あらゆる願望と失望がここで混ざり合ったのか。

アナスターズの記憶の隅々に、妹の思い出がゆっくりと漂う。彼女の匂いを覚えていた。肌の香りはいまだ鮮明で、声は百の木霊となって響き渡っていた。今も変わらず、会いたくてしかたなかった。

「目のまえのこの山、こいつを動かすんだ。両手を伸ばし、飛ぶ鳥を両手で捕まえ、土を口いっぱいにほおばり、風の呼び声にも答えるんだ。どんなことをしてでも、アナスタジーなしに、生者の時間を生きられるようにならなければ」

彼がもっとも恐れていたのは、思い出の扉を開き、虚無にとらわれ、孤独に苦しめられることだった。彼はアナスタジーの死をどうしようというのか。

強姦の記憶に突然襲われて、アナスタジーは夜明けまえに目を覚ました。陽気な朝日など、目にも入らなかった。自分の肉体という牢獄の、高い壁の中に閉じ込められていた。舌はもつれ、一言も話せなかった。あらゆる欲求は、荒波に浸食される岩のように、徐々に削られ、なくなってしまった。からだの内側も、もう自分のものとは感じられなかった。心を押し潰すこの重い塊には、違和感しかなかった。一日の始まりを見るまえに、ぐったり疲れてしまう。もっと長く眠れたら、もっとしっかり目をつぶれたらと思っていた。すっかり忘れ去られ、地下水の中をゆっくり流され、運ばれてしまいたい。生の叫びや囁きに、ギシギシと軋みながら過ぎる時間に扉を閉ざしたい。少しずつ滑り落ちて、意識を失いたい。ベッドにもぐり込んでいるのが一番だった。このほうが安心できるし、静かだった。お気に入りの場所に戻って、かけがえのない少女時代を生き直せた。あのころは何をするにも自由で、転げるように道を駆け、丘を降りていた。どの木も、どの茂みも、どの隠れ場所も知り尽くしていた。

なぜ明日の先にあるのが苦悩なのだろう。アナスタジーはこの苦悩を、兄のアナスターズの表情に、失望に、陰鬱なまなざしに、すでに辛辣さをたたえた唇に感じとっていたのだった。

闇のなかでアナスタジーは、冷酷な夢に向かって目を見開いていた。心地よいこと、楽しいことなど何ひとつなかったこの年月の記憶を、朝は消し去ってくれるだろうか、と考えていた。

昼間光が射すのは、ただ次に眠るときまで彼女を起こしておくためでしかない。

あれから何年もたつのに、肉体に、髪と髪のあいだに、微笑みのうちに、傷を抱えたままだった。自分を、脆く、弱い人間だと感じていた。この不快感が頭のなかでぶつかり合い、ほかのことが入り込む余地はなかった。いったいどうしたらいいのだろう。

考えがこんなふうに、あちこち散らばるのが怖かった。何を考えるにも集中できなかった。ふとしたときに恐怖が蘇り、つきまとう。そんなときは、こう叫ぶのだった。

「投げ捨ててやる、吐き出してやる、からだから追い出してやる！　おまえたちがわたしを陥れて、未来を台無しにした！」

だがなんということ。アナスターズときたら、大胆にも手紙を寄こした。おまえのことを考えている、おまえを思わずにはいられない、傷つけたことを許してほしいなどと。

「お願いだ、答えてくれ。何か言ってくれ、でないと耐えられない」

アナスタジーは震える両手に手紙をもち、繰り返し読んだが、何も理解できなかった。激しい動悸を鎮められなかった。よくもこんなことを書けたものだ。まだ何か共有できるものがあると思っているとは。喉が締めつけられた。顔を殴りつけられた気分だった。恐ろしかった。この迷路から出られるだろうか。自分を取りもどせるだろうか。「アナスターズは、わたしにどんな仕打ちをしたかわかっていない！　わたしを壊しておいて！」

絶望は、眠りの空洞に向かってやってくるのだった。アナスタジーの目は閉じられ、心はからだから離れ、自由に飛びまわっている。しかし、ゆっくりと溺れていく感覚がいつもある。沈んでいく、呼吸のリズムが取れなくなるまで沈んでいく。はっと目を覚まし、虚空に向かって目を開く。抗うことはできなかった。

わかっていた。今では〝悪〟がからだのなかに住みついていた。もう気楽に生きることなどできなかった。

アナスターズは廊下にじっと立ち、耳を澄ました。午前二時。家の中は静かだった。アナスタジーの規則正しい呼吸と、その横の部屋で眠る二人の弟たちのもっと速い呼吸が聞こえた。アナスターズは弟たちの部屋の戸を閉め、もう一度耳をすました。下の階からは何も聞こえない。両親は熟睡している。

彼はアナスタジーの部屋に忍び込んだ。ベッドに近寄ると、彼女は仰向けに寝ていた。ポケットライトで照らしてみると、白いTシャツを着て、シーツを腰のあたりまで押し下げて寝ていた。

アナスタジーは、眩しい光に目を覚ました。叫ぶより先に、アナスターズの手が彼女の口をおさえた。彼はもう片方の手で、ナイフの先をアナスタジーの首に押しつけた。「声を出すな、動くな。でないと痛い目にあうぞ。二度と見られない顔にしてやる。男たちのまわりをうろついていたろう、見ていたぞ。娼婦みたいなまねをして！」アナスタジーがもがくのを感じると、ナイフにいっそう力を込めた。おし殺した叫び声が聞こえた。

もはやアナスタジーは、恐怖で身動きできなかった。

アナスターズはわずかに力を緩め、ベッドの近くにかかっていたパーニュ[27]を素早くつかんだ。それでアナスタジーの目と口を覆うと、窒息するほどきつく縛りあげた。

「動くな」と彼はもう一度警告した。

「さもないと本当に後悔するぞ」

彼がアナスタジーの両足を開き、乱暴に入ってきたとき、彼女は自分に起きていることが信じられなかった。これは別の人生、別の時代なのだと思った。泣く力もなかった。心はそれ以降、反応しなくなった。

アナスターズはこうして、穢れたベッドにアナスタジーを放り出していった。

彼女は打ちのめされ、怯えていた。

恥ずかしかった。汚れた、醜い女になったと思った。もうアナスタジーは存在しなくなってしまった。

立ち直れるわけがない。外へ出て他人《ひと》と顔を合わせるなんて、とうていできない。

心はからだから切り離され、部屋を漂い、天井にぶつかった。

これが最初の死だった。

公式にはアナスタジーは、数年後の一九九四年四月末ごろに亡くなった。正確な死亡日を知る人はいない。なぜなら、彼女が住んでいた地方自治体《コミューン》で生き残った住民はほんのわずかだからだ。それでも証言者たちは口をそろえて言う。アナスタジーはまだとても若かったが、抵抗する住民に加わったと。住民たちが何週間にもわたって抵抗し、民兵の侵入を阻んだので、民兵たちの側では、軍と憲兵隊の応援を要請したほどだった。

住民はみなで応急の防壁を築き、地区《セクター》を襲撃者から守ろうとした。昼も夜も戦った。だがとうとう襲撃者たちは侵入してきた。家々や学校、教会が燃えだし、殺戮が始まった。ツチの人々、そして彼らを守ろうとした人々は全員殺害された。

そのとき、そこにいなかった人々

カール

ジェノサイドが起きたとき、カールはルワンダ国外に、彼の出身国にいた。大統領機が撃墜され、国家元首が死亡したとラジオが報じたので、電話に飛びつき、アノンシアタと長い時間話した。町では騒ぎがあるけれど、この地区《セクター》は今のところ静かよ、子どもたちはだいじょうぶ、と彼女は言った。けれどもそのとき、学校は閉鎖されていたのだった。

用心するんだ、外出するんじゃない、とカールは伝えた。

だが翌日以降、事態の深刻さが明らかになってきたときには、すでに手遅れだった。電話回線は切られていた。

ルワンダへの航空輸送は中断され、家族とは完全に切り離されてしまった。カールは狼狽えた。できるだけ早く家族を出国させたい、どうしたらいいんだ？　ルワンダ大使館と連絡を取れなかったので、自分の国の外務省に電話した。ルワンダの最新情報を訊ねたが、誰もまともに答えられなかった。まったくの混乱状態。責任者は苛立ちながら、現地在留者の避難が準備されていると繰り返した。お連れ合いの国籍は？　ルワンダ人ですか、救出はできませんね。お子さんたちはどうですか？　可能性を探ってみましょう。ご家族は至急、赤十字とコンタクトを取るべきです。

　こうなってしまったら、テレビで流される映像をただ見ているしかなかった。大通りに、路地に、市街に遺体が散乱していた。逃げる難民たちの列、頭に載せた貧弱な荷物。泣いている子どもたち。歩いている老婆たち。誰もが目に恐怖をたたえていた。カールは、難民の群れのなかや、あちこちに倒れて動かない人々のなかに、自分の子どもとその母親がいるかもしれないと思って見ていた。

　だがカールがルワンダを離れるまえから、キガリの空気は張りつめていた。情勢は悪化し、ラジオは憎悪のスローガンを流していた。[28] 何か悪いことが準備されている、たぶん過去にすでにあったように、ツチ迫害の新たな波がまた襲ってくるだろう、と誰もが予測していた。しかしそれがジェノサイドだなんて、思いもしなかった。これほどの規模で殺戮が起こるなんて、誰も想像していなかった。

　今思えば、あまりに盲目だった。

ルワンダは、かつてカールが、人生をやり直そうと心に決めた国だった。そこは彼の友人たちが暮らす国だった。アノンシアタと結婚しておくべきだったと、今にして思う。ぐずぐずしないで、二人の関係を法的なものにしておくべきだったのに、まだ時間はあると思っていたのだ。そのことで、自責の念に駆られている。結婚していれば、アノンシアタを確実に避難させられたのに。彼女の命を救えたのに。この悲惨な出来事によって、希望に満ちていたであろう歳月は失われてしまった。なんと過酷な試練だろう。

あのとき、アノンシアタと子どもたちのところに行かなかった。今のカールをもっとも苦しめているのはそのことだ。両親にはこう言われたのだった。

「あちらに行っても仕方ないだろう。この混乱のなかで何ができる？　彼らを見つけるまえに殺されてしまう。状況が回復するまでここに残りなさい。死ぬよりも生きているほうが彼らのためになるさ！」

けれどカールにはわかっていた。世界地図を開いてもどこにあるかわからない、この小さな国への愛着を、父と母が理解してくれたことはなかったと。両親は、カールがアノンシアタと結んだ関係も好意的に受けとめてはいなかった。

たとえルワンダに戻っても、過去の人生に関係があるものは何も見つからないだろう、すべてをゼロからやり直すことになるのだ、とカールは考えていた。

生まれ育った町で、彼は牢獄に入れられたゾンビのように過ごした。どこにも行き場がなかった。どうしたら苦しみが和らぐのか、不安が鎮まるのかわからなかった。この圧倒的な罪悪感から解放してくれるものは何もなかった。家族を守れなかったという罪悪感。家族はあのとき、彼を何よりも必要としていたのに、運命のなすがままにしてしまった。最大の危機と苦痛のなかに放置してしまった。


七月になり、赤十字がようやく、家族が難民キャンプにいると知らせてくれた。航空輸送が再開するやいなや、キガリに向かった。

家族との再会。これはカールにとって、人生でもっとも深い感情に包まれた出来事となった。

家族は無事だった。それ以上に大切なことがあるだろうか。安堵に酔いしれた。これで不安が解消されたのだから。

ルワンダは廃墟の国となり、恐怖はまだ手に取るようだった。首都には腐臭が漂っていた。

キガリに到着したとき、内戦に勝利した側の兵士たちが首都の清掃を行っていた。放置された遺体を貪った野犬や狂犬病の犬を兵士たちが撃ち殺していて、カールはそれを呆然と見つめた。血と叫びと激情の百日間。そのあいだに遺体は日に晒されて破裂し、悪臭を放っていった。犬たちは主人の遺体を食べて生き延びた。

ルワンダはもうルワンダではなくなっていた。すべてが変わってしまった。

それでもカールは子どもたちを抱きしめることができたのだ。それでなんとか希望と再建の力を取りもどせた。

日常に戻ったものの、家族は一緒に生きることを学び直さないといけなかった。

時がたつうちカールは、妻であり、子どもたちの母親である女性を失ってしまったことに気づいた。彼が知っていた女性、愛しいアノンシアタはいなくなってしまった。みなぎるエネルギーと明るさで彼を魅了した女性は、もはやアノンシアタの影でしかなかった。

自宅に帰って間もなく、アノンシアタは病気になったのだった。しかしそれが何の病なのか、誰にも正確にはわからなかった。彼女は内にこもり、話をせず、もはや何に対しても関心を示さず、食欲がまったくなかった。日中はベッドで過ごし、夜には身動きもせずに目を大きく見開いていた。

カールはアノンシアタに話しかけ、孤立から連れ出そうとしたがむだだった。彼女はカールが近寄ると身を固くした。誰にも触れられたくないのがわかった。そっとなでることも、キスすることも、腕に抱くこともできなかった。彼女は世界から身を引いてしまっていた。

ジェノサイドのあいだのあらゆる体験からアノンシアタが立ち直るには、まだ時間がかかるのだろうとカールは考えた。それで子どもたちの世話に集中した。子どもたちは父親から離れようとしなかった。

アノンシアタをどうしたものかと困り果てたカールは、勧められて、ある医師に彼女を診察してもらった。検査、採血、レントゲン。そして結果を待った。

アノンシアタはエイズを発症していた。

ある晩、アノンシアタは最後の力を振り絞り、枕元に付き添うカールに苦悩を打ち明けた。子どもたちの命と引き換えに、民兵たちが道端で彼女を何度も強姦したという。バリケード[29]の見張りをしていた男たちは、彼女を幾晩も弄んだ。

記憶から過去を消し去ることはできない。カールは、すでに何年も服してきた喪に終止符を打てない。自分自身を罰したい、いっそ永遠に業火に焼かれたいと思っている。

いつの日か、たぶん子どもたちが、彼を不幸から解放してくれるだろう。子どもたちは、生きたいという強い欲求、人生がこの先も続くのを見届けたいという大きな欲求で、カールの無限の喪の鎖を少しずつ断ち切ってくれるだろう。

セトとヴァランティーヌ

きれいにひげが剃られてこざっぱりとした、ほぼ完璧な顔立ち。セトは中肉中背、ひじょうに均整のとれた体格で、貴族のような立ち姿だ。笑顔は温かく、周囲に向けるまなざしは寛容さに満ちている。たぶん彼は生来の楽観主義者だ。あるいはたんに、戦乱の外に身を置いていたからそう見えるのか。

身なりもきちんとしている。おそらく高級ブランドの服だ。シャツとズボンの仕立てがいい。しかし上着の色はややありふれていて、古臭い印象だ。形式を重んじるタイプだと感じる。

話していると、彼は周囲に守られて育ち、子どものころから高い自己意識をもっていたことがすぐにわかる。

一九六三年の大量殺戮のとき[30]、父方のおじがセトと兄弟姉妹を国外に逃がした。上級公務員だった父と、薬剤師だった母はルワンダの自宅で殺害された。

セトの人生は四歳のときにブルンジで始まった。ブジュンブラにはすばらしい思い出がある。再発見したエデンのように思っている。もしルワンダの首都キガリにいたとしても、きっとこんなふうに暮らしていただろう、とセトは信じている。

初恋の人ヴァランティーヌは、最後の恋人となるはずだ。セトがアメリカで学業を終えるまで、五年間待ってくれた。その後ヴァランティーヌは、彼のもとに赴いた。そして二年後、二人は結婚式のためにブルンジに帰ったのだった。

セトは、ヴァランティーヌの家族を訪問したときの詳細を語ってくれた。両腕いっぱいの贈り物、形式的に支払う婚資の額、長い交渉。彼はこう言って大笑いした。

「おじはブルンジの慣習にあまり通じていなくて、儀式を台無しにするところでした。婚資を渡すとき、何をするべきかわかっていなかったんです。古老たちはうまく誘導しようとしましたが、おじは本当に何も理解していなかったので、お手上げでした。儀式はもたつき、出席者全員が一瞬顔を見合わせ、その場の雰囲気が重くなってしまいました。そのとき花嫁の家族代表の一人が立ちあがって、おじに何か囁いてくれました。それでようやく儀式を再開できたんです」

セトは儀式のことを思い出してまた笑う。実際、こうした儀式全体が彼にとっては魅力的なのだ。ブルンジでは古い慣習がいまだに生きているのに対して、ルワンダでは君主制が廃止され、国じゅうでカトリックが信仰されているため、慣習はほぼ完全に姿を消したと語る。

セトは称賛を込めて妻のことを話す。娘の写真も見せてくれる。にっこりと笑っている。父親似だ。

彼は、前回ブルンジを訪れたとき、ルワンダにも立ち寄って数週間を過ごした。事態は改善し、幸先は良いとみている。

「われわれは最悪の状況を体験したのです。今はそこから脱出しようとしています」

彼は、国のために多くのことができると考えている。ルワンダへの帰国を準備しているのだ。「すべてうまくいけば、二年後にヴァランティーヌは学位をとるでしょう。彼女は仕事を見つけられるでしょうし、ぼくは事業を立ち上げるつもりです」

わたしはセトを見つめる。ふいに心配になる。アメリカを離れ、家族全員でルワンダに行くなんて。国の呼び声とは、じつに絶大な力をもっている。静脈と動脈に流れ込み、心臓いっぱいに満ちる血液に似ている。

ルワンダ再訪

サベナ五六五便

機内でわたしの隣に座ったのは、ダイアン・フォッシー基金[31]に勤める女性だった。そのため話題は自然とゴリラのことになった。ゴリラはルワンダの観光資源なのだ。

ルワンダの最北にある火山山脈には、最後のシルバーバック[32]たちが暮らしている。山脈はルワンダ、コンゴ民主共和国、ウガンダに跨る。そのルワンダ側には、ゴリラのための国立火山公園が整備されている。ここをゴリラたちの楽園にしようと尽力したのが、ダイアン・フォッシーだった。

濃い霧に包まれた特異な植生、絶えず靄に包まれた、孤立した領域。マウンテンゴリラたちが生息地に選んだのはこのような土地だ。人間からは遠く離れ、時間が止まったようなこの静かな空間では、深い竹藪や巨大な植物、太古から咲く花々、葉が長く垂れさがった木々が、威厳に満ちたゴリラたちを見守る。湿気と淀み水をたっぷり吸いこんだ苔の絨毯が、いくつもの噴火口にできた湖の岸まで広がっている。

戦争中もジェノサイド中も、ゴリラに危害が及ぶことはなかった。ゴリラたちは山頂に避難していたようだ。いずれにしろ、ゴリラに手を出す兵士はいなかっただろう。なぜならゴリラは、古来この地域で暮らす人々によってトーテム動物に選ばれてきたのだから。それは、ゴリラが堂々とした神秘的な姿をしているから、あるいは、ゴリラが人間の知性を超えた美を象徴しているからなのだろう。

しかしその存在感のせいで、ゴリラ狩りは長らく大勢の人間を魅了してきた。ヨーロッパから精巧な武器とともにやってきた狩人も、すぐ周辺の村々からもやってきた狩人も、なんとかして狩りの成果を手に入れようとし、そうやって、人間とは異なる世界に生きるこの獣への恐怖を克服しようとした。人間たちは、われこそはまさしく自然界の主人だと、繰り返し宣言しようとした。

おそらくダイアン・フォッシーは、密猟者たちに殺害されたのだろう。彼女は、人類よりも動物のほうを愛し続けて生涯を終えたのだった。

ある日、あっけにとられる村人たちの前に、大型の機材をたずさえた外国人たちが現れた。ダイアンが、高額な助成金を受けたゴリラ調査プロジェクトを提《ひっさ》げてやってきたのだ。山脈に姿を消した彼女は、二度と山を降りてこなかった。村人たちからすると、それは不吉なことだった。

外国人たちはこう考えていた。たしかに村人たちは昔からゴリラを狩っていた。しかし、恐ろしいほど人間に似たこの大型動物について、彼らがどれほどのことを知っていたというのか。調査基地を設置しなければならない。ゴリラはルワンダの富のなかでももっとも貴重なのだと、彼らに理解させなければならない、と。だがゴリラは、村人たちよりも貴重だったのだろうか？　こうして地元の住民と、ゴリラを保護しようとするダイアンの対立が始まった。

「火山山脈のウガンダ側で観光客を殺害したのは誰なのか？[33]」

観光客たちはマウンテンゴリラを探していた。ゴリラに近寄り、自由を謳歌しているさまを観察したかったのだろう。これらの観光客はインテラハムウェ[34]の犠牲になったというのが、もっとも広範に流布した、この事件についての解釈だ。国を逃げ出したインテラハムウェは依然として敗北を受け入れず、火山山脈を横切る国境沿いでルワンダに侵入しては襲撃を繰り返しているから、というのだ。

月二回発行のキガリの新聞『ヌーヴェル・ルヴュ』はこう書いている。「三月一日月曜日の夜明け、鉈と槍、ＡＫ４７銃で武装した約百五十人の男たちが、ウガンダ南西部の深い森ブウィンディの三つのキャンプ場を襲撃した。彼らはルワンダ人のフツの反政府ゲリラ、すなわち一九九四年のルワンダ・ジェノサイドに加担したインテラハムウェと目されている。三十人ほどの外国人を誘拐しようとしたが、最終的には十四人を連れ去った。イギリス系とフランス系の外国人を選別したとみられ、フランス人は解放された」

わたしは旅の連れに、怖くないのですかと訊いてみた。隣席のその女性は、この事件の別の解釈を話してくれる。旅行者たちは本来死ぬはずではなかったのです。彼らを本当に傷つけたい者などいなかったのです。恐ろしい偶然が起きて、事態が急転しただけです。あの人たちは悪いタイミングに不適切な場所にいたのです。当局は、すべて正常に戻ったとしています。火山山脈は平穏を取りもどしました。

内戦とジェノサイドによって中断されたゴリラの調査はようやく再開し、軌道に乗ってきたという。閉鎖されていた国立公園にやっと入れるようになったのだ。ルワンダはお金を、外貨を必要としている。雇用創出、キャンプ地設営、ホテル建設、そして環境の改善をめざしている。ダイアン・フォッシーと交代したのは、彼女同様に熱意がある若い科学者だ。衛星監視システムがゴリラの動きを追跡するという。ブタレにある大学も設備の恩恵を受けるらしい。

この女性はアメリカ人だ。ルワンダに行くのは初めてではなく、これで六回めの訪問だそうだ。記者会見、会合、議論、交渉。シルバーバックのゴリラに到達するには、なんと多くの人間たちを経由しなければならないことか。

ゴリラたちは、山脈の麓で起きたことを知っているのだろうか。人間たちが殺戮されているのを察知しただろうか。人間の領域に死が広がっていくのを、感じただろうか。

キガリ

キミフルラ、コテ・カディヤックにて

鳥たちのさえずりがわたしの部屋にも聞こえてくる。カーテンの向こう側はすでに明るい。何もかもが平穏。家は静まりかえっている。部屋はまだ薄闇に浸っている。寝乱れたベッドに残る、夜の匂い。友人たちは、隣接する部屋で眠っている。

鳥たちは互いに話しかけたり、答えたり。その後ろからは町の物音。大通りの車やバイク。犬たちの咆え声と人の声が朝を貫く。

わたしのからだが少しずつ目覚め、心は明るい日差しの下に出る準備をする。

「けっして、たった一人で殺すことはしなかった」

「ジェノサイドを組織した者たちは、ツチに対する恐怖と憎しみを巧みに操り、フツたちに連帯意識をもたせようとした。さらには、そうやってジェノサイドを集団の責任に帰そうとした。人々は一団になって殺害を実行するよう促された。ちょうど一斉射撃を命じられた銃殺隊の兵士たちのように、行為の個人的責任あるいは全体的な責任を問われないようにしたのだ。『けっして、たった一人で殺すことはしなかった』と、ジェノサイドに加担した一人が明言した」

わたしは本を閉じ、テーブルの上に置いた。深く息をする。本のタイトルを読み返さずにいられない。『いかなる証人も生きのびてはならない　ルワンダのジェノサイド』[35]。

まさしく、記憶すること、証言することだ。過去と闘い、わたしたちの人間性を修復するために、残されているのはこれだけだ。

キチュキル・コミューン内のカガラマ・セクターにて

何もかも、土ぼこりをかぶっている。木々の葉は赤茶け、空はどんよりしている。空気は乾き、肌がかさつく。日差しはまっすぐに照りつけ、草は燃えるように熱い風にあおられ、すっかり萎れている。

この地区《セクター》では、多くの人が殺害された。ニャンザのジェノサイド記念館はすぐ近くだ。犠牲者は二万人近く。その大多数は、小学校とその周辺に集まるよう当局に指示されていた。なかには遠くから来た人もいた。住んでいた地方自治体《コミューン》から逃げ出してきたのだ。

青少年センターに向かう道路は穴だらけだ。あちこちにできた亀裂のせいで道の傷みがさらに進むので、運転するのは一苦労。

中庭に入るとテントがいくつか張られていた。思春期の少年・少女や幼い子どもは木製ベッドを手作りし、ここで眠る。建物の一室には、デッサンの授業を受けるグループ。中は薄暗い。子どもたちはデッサンに没頭している。指導員が顔を上げてわたしたちに挨拶した。別の部屋では少年たちが、紙切れにせっせと糊を塗っている。これで紙製の家具をつくるという。わたしたちは台所に案内された。大きな鍋で野菜を煮ている。庭では幼い女の子たちが黒いプラスチック製の貯水槽から水を汲んでいる。青年が石炭コンロを金槌でガンガン叩いて修繕している。周りには、それを眺める子どもたち。離れたところには、ケージに入ったウサギたち。

紙製家具が壁に沿って並べられている。緑、青、黄色の小さな椅子、棚、テーブル、肘掛け椅子。日光でペンキが乾いていく。家具の注文があれば、わずかなお金が入るのだが。

子どもたちは最初、自分は孤児だといってセンターに来る。しかしなかには、数か月たってようやく本当のことを話し始める子がいる。そんな子は、どこから来たかとか、なぜふいに家を出て、路上で暮らすようになったのかを話してくれる。以前の生活の話をむりにさせようとすると、嘘にはまり込んでいく。子どもたちは、大人の残酷さから身を守るため、嘘をつくのだ。そういうとき子どもは、大人が聞きたがるような話をつくって、披露する。

子どもたちが真実の断片を話すとしたら、夜、すっかり暗くなってからだ。子どもたちの物語のかけらはかみ合い、ようやく全体のイメージが浮かびあがる。


社会に捨てられ、反抗する子どもたち。町全体は彼らのものだ。小さな男、小さな女のような顔つきをしているが、笑顔からは幼さが弾けるようだ。彼らは子ども時代を抜け出したばかりなのだ。悲惨なものをたくさん見たまなざしが、どうしてこれほど美しいのだろう。叫び続けて掠れたのに、とめどない涙に濡れたのに、彼らの声の響きが今もこれほど澄んでいるのはどうしてだろう。

戦争で、エイズで、親を亡くした子どもたち、家族離散で身寄りのなくなった子どもたち。通りを歩きまわらない日には、キガリのゴミ捨て場で過ごす。首都が吐き出したゴミのなかから、宝を漁るのだ。

ある日、そのうちの何人かが青少年センターの話を聞きつけ、ゴミ捨て場をあとにする。だが仲間の多くはゴミ捨て場に残ったままだ。だからときどきセンターの子どもたちは、指導員に付き添われ、かつての仲間を訪ねる。再会した子どもたちは何を話すのだろうか。

ゴミを燃やす煙の筋が、いくつも地面から立ちのぼっている。腐敗臭が両眼、鼻、口を刺す。肺は埃でいっぱいだ。両足がゴミをかきまわす。踏みつける。四肢を空に向けた犬の死体が、太陽のもとでゆっくりと膨張している。飛び出た目が、鉛色の空を凝視するかのようだ。ゴミのなかに建つバラックには、集めた宝物を分類しながら話し合う二人の子ども。

この世のものとは思えないこのゴミ捨て場は、キガリの町に向かってせり出している。遠くに見えるのは国際空港。首飾りのように連なる丘に取り囲まれている。

このゴミの島には、整然とした規則がある。リーダー、サブリーダーといった、厳しい序列がある。最上位の者たちは、釘、空き缶、トタン板、瓶、段ボール、石油缶といった最上の獲物を最初に手にする。

午前中の終わりには、買い取り人たちがゴミ捨て場に通じる丘に登ってきて、獲物を品定めし、交渉し、支払う。買い手がつかなかった獲物は、町のどこかに売りにいく。子どもたちには、飢え、病気、暴力、ドラッグがつきまとう。

疲れ切って、ゴミ漁りに戻れないときは、盗みをすることもある。

ジェノサイドの子どもたち。彼らは国をもう一度死なせるかもしれない傷だ。この子たちに課せられた試練はあまりに厳しく、未来は通りの先あたりで終わっているのだから。彼らは、からだの奥底で激しい怒りを育てるだろう。どこに帰属しようと知ったことじゃないし、命なんて大切じゃない、人生なんてたいした価値もない、と思うようになるだろう。死んだってかまわない、どうせ道端で、埃や泥にまみれて死ぬのだから、と思うようになるだろう。彼らを武装させ、貧弱な軍隊に編入させようとする者たちは、放浪の虚しさを埋める甘い言葉をたずさえてくるだろう。この子らは、記憶の生々しい傷口、化膿し、悪化していきそうな苦悩だ。

〝ツチにしか見えない〟ザイール人の女

彼女は長椅子のへりに腰かけている。赤銅色の肌、高い頬骨、さびしげな微笑み。あまりに小さな声で話すので、耳をそばだてないと聞き取れない。とても早口で、途切れることなく話し続けようとする。その言葉には、嘘や粉飾はない。彼女は、耐え難い出来事を生き直しながら、別の世界に迷い込んでしまっている。それほど高い教育は受けておらず、並外れた野心もない。殺戮の狂気の歯車に巻き込まれた、多くの若い女性のうちの一人だ。

「夜のことでした。わたしは食事を終え、赤ちゃんをそばに寝かせて雑誌をぱらぱらめくっていました。銃声が聞こえたけれど、なんとも思いませんでした、なぜってあそこではときどき出し抜けに銃声が聞こえたから。使用人に、家の鍵を閉めて寝なさいと言って、赤ちゃんをわたしたちのベッドに寝かせました。だってエティエンヌはまだ帰っていなくて、わたしは一人で眠るのが好きじゃなかったから。それに夜中、赤ちゃんは何度もわたしを起こすものですから。

午前一時ごろにものすごい銃声がして目が覚めました。エティエンヌは相変わらず帰っていなかったけど、わたしは怖くありませんでした。まったくなんとも思わなくて、また眠り続けました。朝六時に、使用人が寝室のドアをどんどん叩いたんです。子どもが泣きだして、エティエンヌがまだ帰っていないとわかって、それでほんとにびっくりして、どうしたのって言いました。使用人が、奥さん、早く来て、フツの兵士たちがツチを皆殺しにしてますって叫ぶんです。それと同時でした、家のそばを通り過ぎようとした兵士たちの一人が立ち止まるのが見えました。使用人が走って出て戸の前に立つと、兵士は、家に誰かいるのかと訊きました。使用人は、家の人はみんなずっとまえに出ていったと答えました。じゃあ、もしおれが入って、家の者を見つけたら？　使用人は、そうしたいならどうぞと答えました。もし誰か見つけたら、おまえも一緒に殺すからな、と兵士が叫び、使用人がええと答えるのが聞こえました。わたしは浴室に隠れて赤ちゃんの口に手を当て、震えていました。でも兵士は、すぐに戻ってくるからなと言って、一度立ち去りました。使用人はすぐにわたしを見つけて、こう言ったのです。奥さんはツチにしか見えない。急いで出ていかないとやつらに殺されますよ、ここにいてはだめだ、やつらはこのあたりをよく知ってるんだから。

わたしは一気に走って逃げたかったけれど、家の前に男の人がいて、許してくれ、許してくれ、撃たないでくれと、両手を上げて叫んでいました。兵士は、おまえのためにおれが弾をむだにすると思ってるのか、と言ったあと、羊を殺すみたいにナイフでその男の喉を切りました。家の前にはすごくたくさんの死体があって、なかには、叫んでいた男のすぐそばに住んでいた、知り合いたちの死体もありました。一人はあのあたりで野菜を売っていた男で、もう一人は通りを下ったところで働いていた若い機械工で、車なら何でも修理していた人でした。わたしは赤ちゃんを抱いて必死で走ったけれど、とちゅうにある死体が怖くてたまりませんでした。近所のフツの女の人の家にやっとたどり着いたときは、頭がすっかりぼうっとなっていました。フツの女の人は、早く入ってと言いました。わたしは赤ちゃんとベッドの下に隠れました。そこにはツチの女の人もいて、子ども三人と従妹もつれていました。

三日め、この家の人は、兵士があんまりたくさんいるから、みんな家を出ていってと言ったんです。それでわたしは泣きだして、わたしたちが出ていって、やつらに殺されたらいいと思ってるのね、出ていけないわ、みんなここで一緒に死ぬのよって言いました。すると銃声がたくさん聞こえて、出ていく方法なんてなくて、わたしたちはもう二日そこにいたんです。そうするうちに兵士たちが庭に入ってきて、隠れているツチを探そうとしてドアを全部壊したんです。わたしは、きっとここで死ぬんだと思いながら、赤ちゃんとベッドの下に隠れていました。

でもそれからすぐに兵士たちはほかの人たちを見つけてしまいました。わたしにはその人たちの足が見えて、叫び声が聞こえて、兵士たちは全員を外に出して、ひどくがなりたてて、ものすごく怒っていました。家の人は、許してくださいって言ってたけど、兵士たちはわめくだけでした。まだ誰かいるのか、言わなきゃおまえたちをこの場で殺すぞ、ここにツチがいるんだなって。それから兵士たちはまた家に入り、あちこち蹴飛ばして、ものを壊したり、盗んだりしていたみたいです。わたしはがたがた震え、赤ちゃんが泣いて、兵士たちはとうとうベッドの下のわたしたちを見つけてしまいました。

わたしは何が何だかわからなくなってしまいました。どうしてそんなに震えてるんだ、何を隠してるんだって言われたので、わたしはツチでなくて、ザイール人ですって答えたら、兵士の一人に平手打ちされました。ザイール人ならどうして隠れているんだ、本当のことを言わないと今すぐおまえを殺すぞ、子どもをよこせって。兵士がわたしの顔に拳銃を押しつけて赤ちゃんを取りあげたので、わたしは思わず叫びました。やつらは赤ちゃんをその場で殺して、庭に放り出して……。わたしは気を失いました。

目が覚めたときは夜でした。膣が痛くて、ワンピースは破れていました。家にはもう誰もいなくて、明かりもありませんでした。わたしは泣いて、長いこと泣いて、あちこちで銃声がして、怖くて震えて、どれぐらいそうしていたかわかりません。庭まで這っていって、赤ちゃんを見つけて、両手でちょっと深い穴を掘って、遺体を埋めました。それから家の中に戻って、また泣きました。泣いて、眠って、泣きました。

　家にはわずかな食べものが残っていました。外に出てみようかと毎日思ったけれど、やつらがわたしを見たら殺すんじゃないかと怖くて怖くてしかたなかった。物音が聞こえたときに隠れられる場所を、屋根裏に見つけました。ある日、兵士たちが戻ってきて、またしても家じゅうのものを壊し、大声で叫びながら、食べ物をたくさんとっていきました。下に降りたとき、わたしはこれで死ぬんだって思いました。もう食料はあまりなかったから。気力がなくなって、泣く力もうなくて、やつらが殺したいならそうしたらいいと思いました。手足を伸ばして床に寝転がりました。からだは傷だらけで、あちこち痛くてたまりませんでした。

　だから、また男たちが家に入ってくる音が聞こえたとき、やっと苦しみは終わるんだって思いました。わたしを見つけたら殺すはずだから。男たちがわたしを捕えたので立ちあがりましたが、相手を見ることもできませんでした。ここにいるのはあんただけか、急げ、われわれと一緒に来るんだ、怖がらなくていい、殺したりはしない、われわれはＲＰＦの兵士だって言われました。わたしは、怖くはありません、でもザイールに帰りたいんです、だってわたしはザイール人ですからって答えました。そうしたら彼らは、話す必要はないと言いました。

　彼らがわたしたちを集めて歩きだしたとき、大勢の女や子どもや男が混じりあっていて、泣いている人がたくさんいて、子どもたちも泣きわめいていました。そのなかに知り合いを見つけました。その人が話しかけてくれて、励ましてくれました。その人は最初の日に、わたしたちが住んでいた地区《セクター》のバリケードの近くでエティエンヌの遺体を見たと言うんです。それを聞いたときわたしはまた泣きました。そのあと、家の裏に住んでいたレオニーにも会えました。レオニーは、どうやって助かったか、死んだ人をどれだけたくさん見たかを話しました。わたしはどうしていいかわからなくなって、あんまり悲しくてもう動けなくて、レオニーに、死体がこんなにあるから先に行って、わたしはあとから行くからと言いました。レオニーが、どうしてと訊くので、別になんでもない、あとから必ず行くから、ひと休みしたいのと答えました。レオニーはほかの人たちと、先に歩いていきました。

　わたしは道のわきに座って、自殺するにはどうしたらいいのかしら、スカーフで首を絞めたらいいのかしらと考えていました。するとＲＰＦの兵士が一人やってきて、みんな行ってしまうのにどうして道に座っているんだって訊きました。わたしは、へとへとで、死んでしまいたくて、これまで見てきたことや子どもや夫のことでもう十分に苦しんだから、と答えました。するとその兵士は、死にたいだって、きみにはお父さんやお母さんがいないのか、両親の面倒を誰がみるんだって言うんです。ザイールにいる父や母のことを考えたら、わたしはまた泣いてしまいました。兵士は、ここまで来たんだから、きみはもう死なないんだよって言ってくれて、そばを通った女の人にわたしを一緒に連れていくよう頼みました。

道路のあちこちに死体がありました。なかには生きている人もいたけど、虫の息でした。兵士たちは敵を捕まえると、人々の列の後ろに行きました。そのたびに銃声が聞こえました。歩いても歩いても道にはたくさん死体がありました。男、女、子どもの死体でした。でもわたしぜったいに死体の上は歩かなかったんです。兵士たちが、進め、と叫んだときでもぜったいに死体を踏まなかった。

夜は道端で眠りました。ある夜、死体が夢のなかでわたしに話しかけてきたんです。キガリに残した家は息子にやるはずだった、車は兄弟にやるはずだったって。怖かったけれど、言ってやりました。あんたは腕もなければ、足も口もない、それでもこんなふうにしゃべるのねって。すると死体は、おれをばかにするのか、おまえは死ななくて運がよかったな、なんて言うんです。そしてみるみるからだを起こしてわたしを捕まえようとしました。

わたしは何度も叫び声をあげました。横に寝ていたレオニーが揺さぶって起こしてくれて、どうしたのって訊いてくれました。それでわたしは夢のことを話しました。そうやって朝になると歩き、何日もかかってキャンプに辿りつきました。ほかの人たちはそこに留まり、わたしはトラックでザイールに向かいました。

両親の家に帰ると、父と母はわたしを慰め、安心させようとしてくれました。お母さんとは同じベッドで眠りました。わたしが眠れるようにと、腕にしっかり抱いてくれたので、赤ちゃんをきちんと埋葬するためにルワンダに戻りたいと話しました。夜はいつも怖いんです、赤ちゃんの亡骸の夢を見るから。赤ちゃんは道に寝かされていて、まるで豚みたいに膨れて、服がずたずたに破れています。でもとにかく赤ちゃんはわたしを見つめています。今もあの亡骸を忘れられません。わたしはいまだに一人で家にいることができません。誰かがドアを叩いたら、急いで聞き耳を立てます。それまでやっていたことが手につかなくなります。だってこの目で見たことはどれもみんな、あまりに恐ろしいことだったから」

ノングウェでの巡回軍法会議

旧政府軍少尉エドゥアール・ムジャンベレの裁判

一九九九年六月一七日：第一回公判。延期。

一九九九年七月二〇日：第二回公判。

被告は両手をぬぐう。からだや衣服の埃を丹念に払う。きれいにアイロンがけされた緑色のシャツとショートパンツを身につけている。軍人の囚人服だ。ゴムサンダルを履いている。若い男だ。散髪したての頭。目のまえの小さな机に、きちんとファイルに整理した書類を置き、絶えず閉じたり開いたりしている。丁寧な筆跡で、まるで綴り方の練習帳のようにも見える。彼は、ぱん、ぱんと音をたてて手をこすり合わせている。規則的に響くその音は、静まり返った法廷では奇妙に聞こえる。各自着席。裁判官は証人に、前に出るよう促す。証人の村人たちが出てきて、ベンチに腰かけて待機した。入口の扉を守るのは兵士たち。部屋は風通しがいい。暑くて埃だらけの外から来ると、ここは涼しい。カラスが一羽、建物の上に張り出した大木にとまり、苦悶の一声を発する。

被告は裁判官の正面に腰かける。ときどき振り返り、傍聴人のなかに誰かを探す。わたしは彼を知っているような、自分の国の首都のどこかの街角で見かけたような気がする。

被告側の弁護士が話しだす。被告が一九九五年に逮捕されたことを強調する。以来、ジェノサイドにかんする別の複数の告発が、被告の件に付け加えられた。被告は当初、タンザニアで拘束されているある少佐と共謀していたという証言によって告発され、起訴された。だが正式な証拠はまだひとつも提示されていないのだから、新たに出てきた証人のことは考慮せずに、裁判を続けてほしいと弁護士は求める。一回めの公判はすでに同様の理由で延期されていた。

それでも原告側の弁護士は反論し、新たな告訴箇条の審理に必要な書類が揃えられるよう、公判のさらなる延期を求める。八週間あれば、例の少佐の引渡しをタンザニアに要請できるだろうと。

被告の弁護士は、犯罪人引き渡し手続きには時間がかかり、本当に可能かはわからないと反駁した。

「四年間拘禁したのですから、もう現行の件にかんする裁判を行うべきです」

こんどは被告が話す番だ。彼は無罪を主張する。どのように逮捕されたかを克明に説明する。書類を両手にもち、よどみなく、延々と説明を続けた。すべては、戦争中に亡くなった彼の父の家を奪おうとする陰謀だと言う。畑も奪おうとしていると。

たしかに被告は、ビュンバとキガリでRPFと戦った。しかし最終的に首都が制圧されると、誰もがしたように、逃げ出して、ザイールのゴマに避難した。その後ルワンダの新大統領が、みずから悔いるところがない人々はみな帰国するようにと呼びかけたので、被告は帰ってきて軍に復帰した。出身地にも戻り、家族の家を取りもどそうとした。告発されたのは、まさにそのときだった。逮捕されたのは、軍に戻って一年後のことだった。ところが給料は二か月前にも支払われているという。

裁判官たちは顔を見合わせる。厚い生地で仕立てられた、濃い緑色の制服を着ている。肩には肩章がある。

休廷。

全員が待っている。被告の弁護士が、被告に話しかけている。部屋の反対側では、原告の弁護士が一人でいる。農夫たちが近寄り、進行中の裁判にかかわる損害と補償を申し立てている。弁護士は耳元でささやかれたことを、大きなノートに書き込んでいる。みな小声で話している。

被告は、傍聴者のなかにいた若い女性に気づいたようだ。二人は近寄り、素早く言葉を交わしている。女性が被告の方に身を乗り出すかっこうだ。姉妹なのか。婚約者なのか。話しぶりから、被告が指示を与えているのがわかる。周囲の人々は、目を見開いて二人を見守っている。

開廷。全員起立する。

次の公判は一九九九年八月二四日一〇時。

牧師

懸命に逃げて、しかしもう助かる見込みはないと絶望した夫婦が、せめて子どもたちの命は守りたいと考えた。そこである牧師に四人の子どもたちを託した。ところが間もなく民兵たちがやってきて、家じゅうをかきまわしたあげく子どもたちを発見し、殺害してしまった。

牧師は今、起訴されている。みずから民兵たちを呼び、子どものうち少なくとも一人を殺したとして、罪に問われている。一人の老女が牧師を弁護した。「牧師さまの家のものはすべて略奪されました。どうして牧師さまが共犯者でありえましょうか」

ところが牧師はみずから有罪を主張している。四人の子どもたちを預かったことは認めている。やってきた民兵たちは、子どものうちの一人を牧師自身の手で殺すよう強要したのだった。牧師は一回だけ鉈で殴ったが、血が流れ出るのを見て、逃げ出した。藪の中をどこまでも走って、命からがら難民キャンプにたどり着いた。

戦争が終わると、牧師は裁きを受けるため、自主的に出頭した。

牧師は赦しを求めている。子どもを殺してしまったが、意に反してのことだった。「神への釈明はすませました。赦しを求めたのです。今度はあなたがた人間が、わたしの処分を決める番です」

どんな刑が与えられるか、わかっているのかと検事が訊ねると、牧師は「死が与えられますように」と答えた。

リリサ[36]の刑務所、七千人の囚人

道路からは湖が見える。赤茶けて乾いたサバンナのただなかで、湖は銀色の光を反射し

ている。モロコシ畑[37]が見えてきたので、そこが刑務所の敷地だとわかる。一人の囚人が畑のまんなかに立ち、鳥を追い払っているのが見える。

事務棟のそばの空き地で、モロコシの茎が燃やされている。燻る茎から立ちのぼる煙が鼻を刺す。

狭い事務所の暗がりで、一人の囚人が弁護士の前に跪いている。弁護士は供述を聞き取り、書類を作成するために来たのだ。小さな机に向かい、話に耳を傾けている。顔に疲労の色が浮かぶ。同じ話を何千回も聞いてきたのだ。この囚人も無罪を主張している。

壁にかかった黒板には、囚人たちのカテゴリー別のリストがある。「自白者、受刑者、死刑囚、書類なし、女性、病人」。

外国のある団体が改革プログラムを進めているこの刑務所は、ほかと比べて近代的とされている。ここでは、囚人たちを農業や魚の養殖、牧畜に従事させている。淡いピンク色の制服を着た数百人の囚人が、穀物畑と菜園を耕している。緑の若芽が黒い土の上に抽象画のような模様を描く。水やり用のバケツ。鍬や鉈。農民は農民に戻り、忘れていた動作や土の呼吸をまた見出しているのだろう。監視係は一人か二人だけ。すべてが平穏。この真っ青な空のもとでは、美しくさえ見える風景だ。規則正しく伸びる畝が、豊かな実りを約束しているようだ。

日暮れ、彼らは一列縦隊で刑務所に戻る。光を映していた湖に夜の帳が降りようとしている。しだいに濃くなる闇のなか、背の高い草のあいだを縫うように、制服のピンク色が蛇行する。

刑務所内で自殺する者はほとんどいない。しかし監視係のなかにはみずから命を絶つ者がいるという。ある監視係は、帰宅して眠りについたあと、夜中、妻にも気づかれずに突然起きだし、銃をとって自分の頭を撃ち抜いた。

ＲＰＦの兵士だった別の監視係は、「ガチャチャ」が始まると知って正気を失った。彼は刑務所内で四人の受刑者を撃ったのち、銃を自分に向けたのだった。

「ガチャチャ」とは伝統的な裁判のことだが、これを復活させるのだという。けれども昔の人たちの裁き方や、処罰の方法をどう活用しようというのか。じつはジェノサイド後に逮捕された容疑者の数が多すぎて、現代の公式な裁判では、全員を裁くのに百年以上かかってしまうのだそうだ。この緊急課題の解決法として、古い慣習が浮上した。伝統を復活させ、一部の犯罪については国民に裁かせようというのである。裁きの特権を市民の手に戻し、地域社会に独立精神をふたたび花開かせる、というのだが……。

しかしそのとき、誰が裁判官になり、誰が原告や被告になるのだろう。生き延びた人々は少数だ。この人たちが残虐行為のすべてを、亡くなった人全員の苦痛を証言しきれるとは思えない。

「ガチャチャ」が行われていた時代に、ジェノサイドという犯罪はあったのだろうか。[38]

狭いひとつの空間に、ぎっしりと何千人もの人々が詰め込まれている。混雑した大賑わいの市場のように、床に隙間なく人がいる。いったいどうやってこの囚人たちを食べさせ、着替えさせるのか。どうやって世話し、時間を過ごさせているのか。今にも爆発しそうなこのエネルギーをどう制御しているのだろう。

自白者のブロック、まだ自白していない者のブロック、有罪宣告を受けた者のブロック、死刑囚あるいは終身刑囚のブロック。

監視係の数が十分でないのはいうまでもないが、不足しているのはそれだけではない。まず食料が足りない。囚人の主食はさまざまな粉を湯で練ってつくられるが、粉は不足している。水も足りない。囚人たちは湖から水を汲んでこなければならない。

医者も薬も医療設備も足りない。病気の囚人たちは共同房の入り口付近に寝かされている。隣の病人との間隔はたった数センチしかない。おそらくは回復の見込みがない病人たちだ。囚人のあいだにはエイズが蔓延している。赤痢や結核もだ。囚人が亡くなると、あそこに、刑務所の壁の外に埋葬される。

ここはまさに社会の縮図だ。かつての政治家、ビジネスマン、公務員、管理職、教師、芸術家、生徒、学生、農民、医者、女性、司祭、牧師、修道女……。

囚人たちは互いに監視しあっている。ほかにどうすることができよう。彼らは「班長」、「副班長」と序列をつくり、「規則係」、「扉係」、「水係」、「左官係」、「厨房係」、「理容係」と専門ごとに呼び合う。階級、権限、かつての図式が再現されている。農学者が農作業を監督し、看護師は手当てをし、教師は説明をする役割を担う。ここにいるあいだ、彼らは何を語り合ってきたのだろう。もし彼らがすでに未来を手にしていたなら？　囚人たちは、自分たちの数の多さが政府に対する圧力になっていて、それは拘禁されている事実よりも重いということを知っている。

囚人たちは朝夕祈りを捧げる。カトリック、プロテスタント、イスラム教徒そしてあらゆる宗派、それぞれかわるがわる祈る。彼らのなかにミサを行う牧師たちがいる。囚人たちは首にロザリオをかけている。なかには、みずから罪を認めたという牧師もいる。キリスト教徒に範を示すために罪を自白したそうだ。見ず知らずの人間を三人殺したこの牧師は言った。ルワンダ人はあまりに多くの暴力を見てきた。だが国から逃げ出した者たちは、ルワンダの記憶を破損してしまった。なぜならその者たちは刑務所におらず、起こったことを囚人たちが再検証する手助けをしていないからだ、と。

水曜日と土曜日は訪問日だ。

囚人たちの列が訪問者たちの列に向き合う。双方は互いに数メートル離れて立ち、言葉を投げ合う。

死刑囚・終身刑囚ブロック

中庭がある小さな房に八十五人がいる。彼らは外に出ることができない。わたしたちがやってきたのを見て、すぐに一人が話しだす。「われわれに見えるのは、空の一部と、この庭の扉だけです。本もない。ノートもない。ときどき聖書があるだけ。裁判では、囚人はほかの囚人のために証言できません。証言する権利があるのは、ジェノサイドの生存者だけです。これは、司法と生存者たちによる背信行為ではないでしょうか？　人を殺したけれど、人を救いもした者たちはどうなるのですか？　司法はこうしたことも考慮すべきです。控訴しても裁判が開かれないのはなぜですか？　判決文の写しはどこにあるのですか？　なぜ人道団体はわれわれのところに来ないのでしょう？　みずから罪を申し出た人もいるのに、なぜそうした人たちが死刑判決を受けるのでしょう？　それに、偽の証言や誤った告発は罰すべきです。

われわれに不利な証言をした者たちは、われわれの家に住み、われわれの財産を取りあげました。裁判官たちはジェノサイドの生存者です。何も感情を差し挟まずに裁けるでしょうか？

ジェノサイド実行者たちから国を解放した側による戦争犯罪は、誰が罰するのでしょうか？　報復殺害は誰が裁くのでしょうか？　一九九四年のジェノサイド以前に起こった大量殺戮に加担した者たちは、罰を受けないのですか？

責任を負うべきなのは政治家たちなのに、彼らは亡命生活を送っている。ジェノサイドに大きな責任がある人物が逮捕されても、アルーシャの国際法廷には死刑がありません。ルワンダで処刑されるのは小物ばかりです」

死刑囚を代表して語る男は、「どこにでもいるふつうの人」の顔をしている。罪人の風情など微塵もない。とりわけ彼の知性には驚かされる。教育程度の高さをうかがわせる。彼は自分に時間がないとわかっているから、わたしたちに訴えているのだ。

彼は繰り返す。

「わたしが話したことすべてを書きとって、広く世に知らせてください。そして、もしできるなら、書くためのノートとペンをわれわれに送ってください」

ブロック一五

二百五十三人の女性囚

中庭の端で車座になっているのは、女性のグループだ。反対側には男性のグループがいて、太鼓の音に合わせて歌い、踊っている。二つのグループは目に見えない境界線で隔てられているかのようだ。口笛でリズムをとりながら、若者が、一人また一人と輪から飛び出し、くるくる旋回する。

子どもたちは二つの領域を自由に行き来している。

女性も何人か歌っている。どんな歌詞なのだろう？　「これは〝神さまの歌〟です」と「班長」が教えてくれる。

別のグループは静かに籠を編む。すぐ脇では数人が祈りの言葉を唱えている。両手をさしあげ、頭を後方に傾け、両眼を閉じている。

刑務所にいるのは、幼すぎて母親から引き離せなかった子どもたちだ。拘禁される母親と一緒にやってきたが、三歳くらいになると刑務所からは出されてしまう。刑務所にいるあいだ、子どもたちは毎朝、元教師の囚人と外出している。ある女性はここに来たとき妊娠していた。彼女の赤ん坊は今、十八か月だそうだ。

夜、彼女たちは女性用の建物で、身を寄せ合って横たわるという。

部屋は、母親、若い娘、壮年女性、老女というふうに、年齢ごとに分けられている。一部屋は病人にあてがわれている。

拘禁中に妊娠することもあるのだろうか？

「ええ、ありました。でもそれは以前、汚職があったときのことです。新しい所長が来てからはもうなくなりました。前任の所長は刑務所の予算を使って、受刑者たちに自分の家を建てさせたのです」と班長が答える。

訪問者はまれだ。女囚に会いにくるのも女性ばかり。娘、おば、従姉妹、母親。囚人の夫や息子たちは亡命したか、亡くなったか、刑務所にいるかだ。女囚たちは果物や食べ物、衣服を受け取り、彼女たちが編んだ籠を訪問者が受け取る。もって帰って売るのだろうか？

殺人を犯した女性たち、ジェノサイドに加担した女性たち、殺害を強要された女性たち、夫、子どもたち、友人、隣人、見知らぬ人を殺したとして起訴された女性たち。強姦を手助けした女性たち、殺戮を扇動する歌をうたった女性たち、人を陥れ、略奪した女性たち、すすんで残虐行為に加わった女性たち。鉈でほかの女性を殺し、子どもたちを切り刻み、男性に止めを刺した女性たち。彼女たちは、逃げようとした人々が隠れた場所を民兵や武装した農民とともに取り囲んだ。病院、教会、学校に入り込み、殺戮に加わった。死者たちからお金を奪い、倒れた人からは宝石や衣服を奪った。虐殺の犠牲者たちの多くは身につけていたものを剥ぎとられ、全裸だった。

ある母親は高価な品を手に入れようと、夜に子どもたちを犠牲者の家に連れて行き、家探しさせ、遺体を調べさせた。殺戮を実行していた息子たちと、地区《セクター》を走りまわっていた母親もいた。

しかるべき教育を受けていたからこそ、ジェノサイドでは指導的立場にいた女性、ジェノサイドの責任を負うべき女性、ジェノサイドを組織した女性。彼女たちは、自分自身の女としての運命を殺してしまった。今日、そのうちの何人が逃亡中なのか。どこに身を隠しているのか。町の中、丘のあいだ、それとも国境付近か。信じたくはない。彼女たちが罪を犯したとは。

世界の醜悪さに目を閉ざしたくなる。しかし真実を凝視しなければ。ジェノサイドを生き延びたある女性は、「知ることを恐れないで[39]」と言った。不処罰こそが死をもたらすのだ。

フロデュアル、殺人者となった若い農夫

「走って、歌いながら丘を下った、急いでやらないといけなかった、何が何だかよくわからなくても、ぶちのめさないといけない。鉈やこん棒、鉄棒、鶴嘴《つるはし》なんかで切ったり、殴ったり、何もかも同時にやらないといけなかった。殴って、血が流れるのを見てる暇もない

ときがあった。急いでやるんだ、頭蓋骨が砕けても、叫び声なんて耳に入らない。聞こえるのは銃声だけで、死体の強烈な匂いで感覚が麻痺して、それまでの人生がなんだったかわからなくなる。誰かが腕を一本切るだろ、そうしたらおれは、どこでもかまわず相手を殴りつけた、ほかのやつらが見てるから、おれだって殺せるって見せないといけないんだ。それに殺すのはものすごくかんたんだった。人の命なんてあっけないものさ、人はそんなに強いものじゃなかった。一回叩くと手が落ちるだろ、もう一回叩くと頭蓋骨が割れる。おれたちは棍棒をもらって、どこを叩くか教えられたから知っていた。やつらをやるか、おれたちがやられるかだったけど、それほど怖くはなかった。やつらのほうでおれたちを殺そうとしたんだから、一人でも残しておいたら、いつかおれたちが殺されるって言われたんだ。だからとっととやっちまわないといけなかった。早くやれば勝利を確実にできたんだからさ。やるとなったらやらないとな、もうあとには引けなかった。この戦争に負ければ、おれたちみんな死ぬんだからって言われてた。なかには許してくれって頼むやつらがいたけど、何を許せっていうんだ？　やつらは鉈でなく、銃で撃たれて死にたいって言ったけど、そのときは金が要るんだ。情けをかけてほしけりゃ金が要るんだ。やつらのほうは、おれたちにお情けをかけてくれたかい？　おれたち全員を殺そうとしてたんだぞ。入り口を押し破って、やつらが隠れているところに民兵が手榴弾を投げるだろ、そうしたら中に入って仕事をするんだ、死ぬのをいやがるやつらをまとめて連れ出して外で殺す。どんなふうにくたばるかをじっくり見るんだ。やつらを小さく切り刻まないといけないときは、そういうことができるやつらにまかせた。ばあさんが、隣の家の女が連れていた子どもを釘のついた棒で殺すのを見たことがある。そのばあさんが「ほかの子どもはもう殺さなくていいだろう」って言ったとき、民兵はばあさんもろとも、その女の子どもたち全員を殺しちまった。ためらったらだめなんだ。言われたとおり、自分の仕事をするだけだった。ある日のこと、会社経営者の家の庭に民兵と入った。プジョーと小型トラックがあった。兵士たちが家に入ってバンバンバンとぶっ放して、経営者の男とかみさんと三人の子どもたちを殺して、車を分捕《ぶんど》ってエンジンをかけた。おれたちが家に入っていいのはそれからだ。テレビ、ラジオ、家の中にあるものは何でも盗ってよかった。フツから巻きあげて金持ちになったやつ、昔の王室の連中みたいに国のものを盗んで金持ちになったやつがいたら、こんなふうにして家に押しかけてよかった。ひとつの地区《セクター》に着いたら、狩りをするときみたいにまとまって、金持ちの家を取り囲んだ。叫んだり、窓や戸を叩いたり、屋根に石を投げたりすると、ものすごく怖いんだろうな、やつら出てきて逃げようとする。

そうなったら、捕まえるのはかんたんだった。隠れようとするのもいたけど、やつらのちょっとした隠れ場所なんてお見通しだった。ベッドの下とか、便所の中とか、天井裏とか。外なら、茂みとか、溝とか、排水溝とか。どこを探したらいいかはわかっていた。けがをさせるだけじゃなくて、息の根を止めないといけなかった。計画を実行していたんだから、作戦が成功しないと意味がないだろう。だいたいの仕事はおれたちがして、最後に止《とど》めを刺すのは兵士たちだった。大統領は生きているとき、銃の使い方を習いに国外に出た裏切り者を片づけるって言ってたな。大統領が死ぬと、殺したのはツチたちだって教えられた。こう言われたんだ。もしツチたちがここに来たって、生きた仲間には会えないようにしてやるんだ、フツを殺すための仲間なんか見つけられないようにしてやるんだ。ツチに反撃して、防戦するんだ、ツチの陰謀をつぶすんだ、ツチたちみたいに話すフツ、RPFが大好きなフツも片づけろって。ミーティングでは地区《セクター》の長たちが、「おまえらがやつらを殺すか、おまえらのほうが殺されるか、どっちかだ」って言ってた。でもかんたんなことだった、だって仕事をする場所一帯で殺さないといけないやつらのリストは頭のなかに入っていたから。丘ではお互いに知り合いだ。身元を隠すことなんてできないさ。毎晩バリケードには指令がきた。ツチやその仲間を見つけたから、殺せっていう指令だった。

やつらは家族でうまくバリケードを通過しようとしたけど、正体はすぐにばれて、その場で殺された。全員を殺すべし、だった。もし一人でも逃げ延びたら、反逆者のＲＰＦの軍隊と合流して、おれたちを襲いに戻ってくるだろ。子どもたちも容赦なく皆殺しにすべし、だった。ＲＰＦのたいていのリーダーたちも、国を逃れたときは子どもだったんだ。だから完璧に掃除しないといけないんだ。ラジオが、墓穴はまだいっぱいになっていないから手伝えって言ってた。《もしツチかどうかはっきりしないなら、からだつきや顔つきを見ればいい。小さくてとがった鼻はへし折ってやれ。鉈をとれ、槍をとれ、兵士たちに援護してもらって仕上げをするんだ。ＲＰＦのスパイは皆殺しにしろ。やつらは呪われている……》ラジオのＤＪが話していたことをまだぜんぶ覚えている。《戦え！　やつらをぶっ殺せ！　立ちあがれ！　槍でも、棒でも、銃でも、剣でも、石でも、なんでもいいからやつらに突き刺せ、やつらはゴキブリ[40]だ、民主主義の敵だ、われわれは自分で身を守れると示せ、兵士たちを奮い立たせろ。もしおまえが農民で、銃声を聞いたなら、耕すをのやめて戦いにいけ。耕すことと戦うこと、どちらも同時にやるんだ。戦え！》

そうさ、敵はこの国から消え去らないといけなかった、それはまちがいない。やつらは勢いを取りもどして、ルワンダを占領しに帰ってこようと考えていたんだ、けれどおれたちは武器があったから、やつらを殺せた。どの地区《セクター》も、どの丘も、どの町内も、やつらがいないかどうか、しらみつぶしに調べあげたんだ。おれたちがやったのはそういうことさ」

ジョゼフィーヌ

ジョゼフィーヌは、彼女がフツなのかツチなのか答えなかった。わたしはそんなことを訊いた自分を恥じた。

彼女にはフィロメーヌという大きい娘と、十歳のグラシアンという男の子がいる。孤児になった姪たちの面倒もみている。ジョゼフィーヌは思案顔で首を振る。

「娘とうまくいっていないの。あんまり頑固だから、しょっちゅう言い合いになってしまう。あの子はぜったいに謝らないの。弟とけんかをしても、折れるのはいつも弟のほう。

娘は自分がまちがっていても、ごめんなさいって言わない。下の子はすぐに仲直りできるのに。フィロメーヌはみんなから意地っ張りだと思われているわ。赦しを求めるのは大切なことよって、繰り返し教えているの。自分でそうしなければ、誰が代わりにやってくれるのって、きつく言って。そういうことがとくに大事だと思う。これまで何回娘にお仕置きしたかわからない。

ジェノサイドのあいだ、わたしたちは家の中にいて、一日中お祈りをしていた。子どもたちは怖がっていたけど、何も、文句ひとつ言わなかった。

外でいったい何が起きていたのか、まったく知らないの。銃声と叫び声ばかりが聞こえた。兵士たちはわたしたちの家に二度やってきたの。一度めは、家に何人いるかを訊いたから、わたしが答えると、行ってしまった。二度めに来たときはわたしたち全員を外に出し、家を荒らしまわったの。でも兵士の一人が、やることがたくさんありすぎると言って、すぐに行ってしまった。わたしたちは何日間も家に閉じこもっていた。庭で物音がして、窓から武装した男たちが見えたとき、子どもたちに、『今日、わたしたちは死ぬかもしれないわ。何が起こっても、祈りなさい、勇気をもちつづけなさい』と言ったの。子どもたちは『はい、母さん』と答えて、それからわたしたちは外に出た。

そこにいたのはRPFの兵士たちだった。彼らはわたしたちをほかの家族たちと一緒にビュンバに連れていったの。列になって、歩いていった。たくさんの人がいて、とくに女と子どもが大勢いた」

あなたの夫はどこにいたの?

「あのときはいなかったの。ジェノサイドが始まる数日前、取引のために旅行に出ていて。わたしの姉妹もいなかった」

それで彼は今どこにいるの?

「二度と帰らなかった。姉妹のほうは戦後に見つけ出したけれど。

わたしたちの暮らしていた町は、それほど被害を受けなかったの。ジェノサイドの最初のころに、RPFがこの一帯を統制下に置いていたから。わたしは恐ろしい殺害をいちども見なかった。通りでは、この大量殺戮の結果がどんなものだったかを目にしたけれど、わたしは起きたことそのものには立ち会わなかったの。

難民キャンプでは子どもたちは何もすることがなかった。娘には薪を探しには行かせなかったわ。だって遠くに行くのは危険すぎたから。さらわれたり、茂みの中で強姦されたりするかもしれない。子どもたちは、そこでできるやり方で遊んでいた。わたしたちは身内や友人の消息もわからないまま生活していたの。

七月にようやくここに戻ってきたら、家はめちゃくちゃに壊れていた。近所にはまったく人がいなかった。あちこちに廃墟や残骸、がらくたがあって、汚物や土や石が散らばっていた。死体の臭いは耐え切れないほどだった。わたしたちは、何もかもがなくなった場所に帰ってきたの。

わたしたちは何か月ものあいだ、ひと間だけで暮らした。家は少しずつ建て直した。政府がトタン板を何枚かくれたの。今でも、ちょっとお金ができたら家の建て直しにつぎ込んでいるわ。

戦争について子どもたちに言いたいことがあるとしたら、それは憎しみと、大きすぎる野心のせいで戦争が起きるということね。このことを子どもたちに理解させたいの。野心的なのはいいことだけど、現実的でなければ。あまり望みすぎてはいけないのよ。誠実に生きて、手に入るもので満足するべきよ。とくに政治家は信用してはいけない。彼らは真実を語らない。自分の利益しか考えない。人々に、ジェノサイドはおまえたちのためになると言って、信じ込ませた。農民たちには、たくさんのものが手に入るぞ、金持ちになれるだろうと言ったの。この国は小さくて、ごくわずかな土地しかないでしょう。畑のひと区画の大きさはだんだん小さくなってきている。政治家は農民に、土地が得られる、家畜が手に入ると言ったの。農民たちを悪事に誘っておいて、政治家のほうでは私欲にふけって、今では全員お金をもって逃げてしまった。どこかで静かに暮らしているのでしょう。貧しい人たちは毎日苦しんでいる。満杯の刑務所に閉じ込められたり、もっとひどい場合は、共同房に仕立てられた役所や学校の古い建物に入れられたりしている。そこでは食事が出ないから、家族がもっていくのよ。女たちはもう働くどころではないの。絶えず食べ物を探しまわらないといけないし、畑を耕す手助けをしてくれる人もいない。子どもたちは学校になんて通えない。裁判は長くかかるし、農民には裁判手続きや判決はあまりよく理解できない。

幸い、ブタレのようないくつかの町では、人々はかんたんには殺戮に手を染めなかった。[41] でも底辺にいる実直な農民たちは引っ張り込まれてしまった。当局や地域の指導層が農民を巧妙に誘い込んで、お金や武器、お酒、ラジオを与えて、スローガンや憎しみの言葉で扇動して、人殺しをさせたの。

あれは民族紛争なんかじゃない。なぜならあのとき最上層の者たちはそろって国を略奪し、私腹を肥やそうとしていたのだから。政治家たちはけっして真実を言わないで、人々のあいだに憎しみをかきたてるの。国が貧しくて、若者に仕事がないときには、政治家たちは人々の不幸の原因をほかの人間のせいにして、安易に国民を操作しようとする。

今わたしが重要だと思っているのは、もう怖がってはいけないということ。子どもたちのため、家族のため、恐れていてはいけないのよ。大切なのは平和に生きること。ルワンダはわたしの国、わたしの祖国なのだから。

いちばん辛いのは、亡くなったすべての人のことを考えて、もうその人たちとは会えないと思うとき。だいじな誰かを亡くしていない人であっても、辛いはずよ。これは国民全体の喪なの。わたしたちは、終生この喪を抱え続けるでしょう。

でも、きっとわたしたちの子どもは、自由に、恐怖を感じないで生きていけるはず。子どもたちはきっと元気を取りもどしてくれると思う」

最高の七人

「ぼくら七人はキャンパスの仲間だった。〝最高の七人〟って呼ばれていたんだ。なぜって、ぼくらが一緒にいるときは最高だったから。ぼくらはお互いによく似ていた。同じ階段教室で授業を受けて、同じスポーツをした。サッカーやバレーボールの同じチームに入っていた。もちろん七人以上でいることもよくあった。ぼくらのガールフレンドも一緒だったからね。キャンパスはぼくらのものだった。たまにはちょっとしたトラブルもあったけど、ほかの学生たちと同じように、自分の人生を生きるってことばかり考えてた。

　フツとツチとツワのあいだに対立があることをしっかり意識したのは、一九九〇年ごろだった。それ以前はそれほど注意していなかった。ぼくの母はツチで、父はフツだ。両親はときどき一九五九年のこと、ようするに王が死んで大量殺戮があったときのこと[42]を話していたけど、民族間の不和をちゃんと説明してくれたことは一度もなかった。今思うと、両親にとってこの話題はタブーだったんだ。ぼくらは好きなように友達を選び、誰もそれに文句をつけなかった。仲間たちに、民族は何かって訊くことなんてなかった。同じ言葉を話して、同じ名前をもち、同じことに夢中になっていたのに、そんなことを訊いて何になる？

でも心の底でぼくらは、民族間の憎しみとフツ・パワー[43]の宣伝のせいで親たちが分裂させられていると知っていた。キャンパスでは、どの教授がフツ・パワー支持者なのか、反対派なのか、誰でも知っていた。〝フツの十戒〟のことはみんなが知っていたけれど、ぼくらにしてみたら、あれは過激なやつらにしか関係ないことだった。ぼくらはそんなことをぜんぶ乗り越えようとしていた。ああいう卑劣なことにかかわらないようにしていた。

四月六日に大統領の飛行機がキガリで撃墜されたとき、ぼくらのところでは大量殺戮はすぐには始まらなかった。時間がたつにつれて、兵士と民兵たちが公共の場所に侵入して、反体制的な意見で知られる人々を襲っているのがわかってきた。自宅から姿を消して、数日後には兵士でいっぱいの小型トラックの後ろに乗っているのを目撃された教授たちもいた。キガリからの知らせはとくにひどかったし、それに、秩序を回復しようとした知事が突然交代させられたから、ぼくたちはものすごく怖くなった。ぼくはジャン＝ジャックの家に隠れた。その時点では、両親がどうなったかはわからなかった。ジェノサイドのあいだ、ずっとジャン＝ジャックの部屋にいた。あいつはこっそり外に出て食べ物を探してきてくれた。ときどき窓から、外で起きていることが見えた。民兵たちが発砲しながら家に入るのを見た。ある教師が家族と暮らしていた家だった。民兵はその人たちを外に出して、庭で殺したんだ。ぼくはただ運がよかっただけなんだ、誰もぼくを見つけなかっただけなんだ。

両親はぼくが大学に復学することを望んでる。でもぼくはそうしたくない。それよりも今は働いて、別の国に勉強しにいく資金をつくりたい。大学は、国の解放のために戦った退役軍人でいっぱいで、軍隊式の考え方のやつらばかりだ。あいつらは、ぼくらのことを見下している。ぼくはフツなのか？　ツチなのか？　みんなぼくに、ジェノサイドのあいだどこにいたのか、どうして無事でいられたんだって訊く。でもあのときどんなことが起きていたのか、誰でも知ってるはずだ。ぼくらのグループはもう四人しかいない。ダミアンとヴァランは死んでしまった。ジャン＝ド＝デューは国外に逃げた。あいつがしたことはみんなが知ってる。丘の上で、民兵たちといるのを見た人もいる。バリケードの番をしていたって言う人もいる。

ガリカンとパトリスは何もしていない。ガリカンは片足をなくした。二人には、ずいぶんまえに会ったきりだ。いちばんよく会ってるのはジャン＝ジャックだ。といっても、すごく忙しそうだから、そんなには会わないんだけど。あいつも国を出たがってるけど、親父さんと兄さんを亡くしたから、おふくろさんを助けて弟と妹の面倒をみないといけないんだ。弟たちが大きくなるのを待ってから国を出ると言ってる。

ぼくにはせいぜい一日先のことしか考えられない。ここでどうやって未来に向きあえる？　どんな未来がある？　明日はすごく遠くに思える。何の計画を立ててるんだい？あっという間に、どんなことでも起こりうるんだ。一日のうちにすべてがやり直しだ。じつは戦争が終わったときぼくらは、ようやくすべてが正常に戻るんだ、よりましな地点から再出発できるんだって思った。同じ過ちは犯さないだろうと思ってた。でも何年かたってみて、ぜんぶ元に戻ってしまった気がする。汚職や犯罪の不処罰は以前と同じだし、不確実なことばかりだ。約束はどれも果たされないで、ひとつずつ消えていっている。和解だって？　ぼくらに必要なのは正義だ。罰を受けるべき者たちが処罰されるという確信が必要なんだ。でも物事はぐずぐずするばかりで進んでいかない。何も進展していないみたいに見える。それどころか少しずつ何もかもが忘れられていくような気がする。この記憶はあまりに重いから、誰も抱えていたくないんだ。生き延びた人間たちの存在は過去を思い出させるから、もう表舞台にはいてほしくないんだ。国がもっと早く再建されて、また資金が入ってくるようにするには、それがいいんだ。生き延びた人間は邪魔、囚人も邪魔なんだ。記憶はぜんぶ石碑にして、動かないようにしたいんだ。

ここでは仕事が満足にないんだ。この国には金がない。以前のように助けあって暮らすなんて、できなくなってしまった。誰も他人を信用しないもの。それぞれが自分の殻に閉じこもってる。何かを一緒につくりあげるとか、同じテーブルにつくとか、どうしてできるんだい？

ぼくはカナダに行きたい。あっちに住んでる従兄弟がいるんだ。それともイギリスがいいかな。大学に登録するための書類の準備って、難しいのかな？」

フツ・パワー〝フツの十戒〟

一．フツの男たちは知るべし。ツチの女はどこにいようとも自民族の利益のために働くと。したがってわれらは、次のようなフツをすべて裏切り者とみなす。
・ツチの女と結婚する者。
・ツチの女を友人とする者。
・ツチの女を秘書にする者、あるいは内縁関係を結ぶ者。

二．フツの男たちは知るべし。われらフツの娘たちはより優秀で、女、妻、母としての役割をより誠実に果たすと。彼女たちは美しく、有能な秘書であり、より正直ではないだろうか？

三.フツの女たちよ、注意深く振る舞え。夫、兄弟、息子たちを理性へと引きもどすのだ。

四.フツの男たちは知るべし。ツチは取引において不正直であると。ツチの目的はただひとつ、自民族の優位を保つことだ。

したがってこのようなフツはすべて裏切り者である。

・ツチと取引をする者。

・ツチの企業に自分自身の金で、あるいは政府の金で投資する者。

・ツチと金の貸し借りをする者。

・ツチのために輸入許可証を取得したり、銀行貸付、用地建設、公契約の便宜を図ったりする者。

五.政治・行政・経済・軍・安全保障といった分野においては、フツを要職に就けるべし。

六.教育部門を構成する人間(生徒・学生、教員)の大多数をフツとすべし。

七．ルワンダ軍を完全にフツのものにしなければならない。われらは、一九九〇年十月の戦争[44]から教訓をえた。したがって軍のいかなる構成員もツチの女と結婚することなかれ。

八．すべてのフツはツチへの同情を捨てるべし。

九．すべてのフツはどこにいようとも一体となり、連帯を示すべし。フツの兄弟たちと運命をともにしていると自覚すべし。

・すべてのフツは、フツの大義に賛同する友人や支持者をつねにルワンダ内外で探すべし。手はじめはバントゥー[45]の兄弟である。

・すべてのフツは、絶えずツチの宣伝活動と闘うべし。

・すべてのフツは、共通の敵であるツチに断固として対峙し、警戒を怠ることなかれ。

十．一九五九年の社会革命[46]と一九六一年の国民投票[47]、そしてフツのイデオロギーを全階層の全フツに教え込むべし。各自このイデオロギーを広範に普及させるべし。このイデオロギーを読んだり、伝えたり、教えたりしたフツの兄弟を不当に攻撃するフツは、誰であれ裏切り者である。
（フツ至上主義を掲げた機関誌『カングラ』誌上に、一九九〇年十二月一〇日に掲載）

ルワンダ南西部、キベホ・キャンプで起きたこと

一九九五年四月二二日

キベホ・キャンプにいたフツの難民たちは、ルワンダ軍に包囲されていると気づいていて、最初の銃声が聞こえたときには鉈で殺し合いを始めた。おそらくそれは逃亡しようとする人々と、それを拒んだ人々のあいだで起きた衝突であった。またこのときの豪雨で群衆が突然動きだし、それがルワンダ軍兵士の発砲を誘発したようである。群衆に向けた発砲がパニックを引き起こしたことはまちがいない。大混乱のなか、多くの人々が踏み潰さ

れた。犠牲になったのは、おもに女性と子どもだった。軍は手榴弾を投げ、迫撃砲も撃ち込んだ。兵士たちは、逃げようとする人々にも発砲した。

攻撃が終わってから到着した国連監視団によると、死者は五千人から八千人にのぼり、負傷者は数百人を数えたという。

八万人以上の難民を抱えるキベホは、この地域最大の難民キャンプのひとつだった。ジェノサイド後、報復を恐れた数十万人のフツが村から逃げ出し、この地域に集まっていた。

戦後の新政府は、こうした巨大な難民キャンプを閉鎖する決意を示そうとしていた。これらのキャンプでは、ジェノサイド犯罪をおかした民兵たちが民間人に紛れ込んでいたからだ。元民兵たちは、ツチと穏健なフツ約百万人のジェノサイドを可能にした序列と指揮系統を、キャンプ内で再編成しようとしていた。彼らは人道団体によって保護され、養われて、再武装を準備していた。

キベホでの大量殺戮が起きたのち、約二十五万人のフツがこの地域から強制的に帰郷させられた。

歴史は後戻りしていた。加害者たちは犠牲者となり、犠牲者たちは加害者となっていた。あたかも暴力は絶えず暴力を生み出し続けるかのように。

シスター・アガト

「というのは、中から、つまり人間の心から、悪い思いが出て来る」（マルコによる福音書七章二一節[48]）

「〝悪〟は、心の中枢部にずっと存在してきました。それは永遠の燠《おきび》のように、ひそかに燃え続ける零落の焔《ほのお》です。人間は零落したとき、近しい者を喰らい、みずからの肉を喰らいます。

いつも空腹だった怪物のお話をしましょう。

むかし、あるところに怪物がいました。村人たちは毎日、怪物のためにたくさんの食べ物を運びました。けれども怪物はぺろりと平らげて、ちっとも満足しません。どうしようもなくなった村人は、世界中のものを集めて与えました。怪物はそれもみんな食べてしまいました。

怪物は大地を食べ、太陽と月と星々も食べましたが、あいかわらず空腹でした。

空にも地上にも、何ひとつなくなったとき、怪物は自分の片手を見ました。並外れて大きく、ぽってりとして、うまそうな手でした。怪物は指を一本食べてみました。それから二本め、三本めというふうにして、右手をかじってしまいました。左手もかじり、両腕、両肩もかじりました。けれども怪物はまだ空腹だったので、とうとう自分を丸ごと食べてしまいました。


〝悪〟の本源は、太陽の原初の輝きが現れる以前から、空と大地が睦み合う以前から、水が母なる大洋という巨大な子宮を生み出す以前から存在していました。

〝悪〟は、命が息づくはるか以前、地上に神々が現れるはるか以前からあったのです。

〝善〟も存在していました。〝善〟は〝悪〟の不可分の兄弟であり、時間と無関心に脅かされる傷つきやすい分身です。

死の欲動を武装解除するには、わたしたちのなかに、わたしたちを駆り立てる恐怖があると認めなければいけません。過去の傷を武装解除し、わたしたち自身の傷と、他者がわたしたちに負わせた傷、わたしたちが親から受け継ぎ、子どもに伝える恐れがある傷を武装解除しなければいけません。わたしたちの心の底に隠れた傷を武装解除しなければいけません。

武器を置き、傷口が癒えて塞がるようにするのです。

血の味は甘いのです。〝悪〟を行う者は、処罰されずにすむとなったら、蜜であふれる巣箱に群がる蜂のように、最高の饗宴を楽しもうとするでしょう。

憎しみは、わたしたち一人ひとりのなかに眠っています。この未知のものが、わたしたちをもっとも深く苦しめるのです。目を覚ました憎しみは、わたしたちを異次元世界に突き落とすこともあるのです。もし明日、処罰を恐れる必要がなくなったら、わたしはいったい何をしでかすでしょう？　もし目のまえに未踏の領野が開かれ、昨日のさまざまな屈辱や欲求不満、恨みを晴らせるとなったら？　昔からある倫理規範が世界から突然消え去ったなら、いったい何が起きるでしょう?

あのとき人は、殺そうとする相手が人間であることなどきれいに忘れようとしたのでした。もはや相手の顔を見ることもなく、ましてまなざしを交わすことなどありませんでした。そこにいるのは一匹の獣。あるいはひと山の肉塊でしかなかったのです。頭蓋骨を、枯れ枝をぽきりと折るように打ち砕けばよかったのです。

酒を飲んだのはそのためでした。迷いから解放され、日常生活の記憶がなくなるまで酔おうとしたのです。みずからの行為がただとてつもない力を発揮するよう、疑う気持ちには蓋をしました。こうして、跪く奴隷を前にした主人となったのです。人の姿をした神の振舞いをしたのです。


けれど、そんなときも〝善〟は消え去りませんでした。死者たちと一緒に、穴に放り込まれて埋められたわけではないのです。わたしたちは聖人と英雄の祭壇を設え続けるでしょう。これからも善良な行為、勇気ある行動に感嘆させられるでしょう。恐怖の夜、男たち女たちが、それぞれ辿るはずだった運命よりも高いところへと、みずからを引きあげました。

時間がわたしたちの苦悩を癒やし、きたるべき世代が顔を上げて生きるようになったら、あのとき人間性を保ったすべての人々のことが語られ、語り継がれるでしょう。囁きかけるような物語は、やがて高らかに歌われ、踊りとなり、頌歌《ほめうた》となるでしょう。

ごらんなさい、暮らしがもとに戻っていきます。静かに、穏やかに風のまにまに漂う死者たちの声に耳を傾けましょう。死者たちは、苦しみの季節は終わらなければいけない、生者たちに場所を譲る覚悟はできていると、そっと話しかけてきます。

闇は太陽を隠し、影が大地を覆ってきました。

わたしたちはやがて、長く続いたこの恐ろしい闇から抜け出すでしょう」

二度めの帰還

わたしはルワンダという病から回復していない。ルワンダは〝悪〟から清められていないのだ。危険はいまだ記憶のなかにうずくまり、国境の森にうずくまる。暴力もまだそこかしこにある。

死と残酷さ。

死は自然なものだ。死は生のもうひとつの側面で、恐れる必要はない。だからルワンダに近づくなら、死はわきによけて考えるべきだ。いずれにしろ死が生より強いということはない。最後には生のほうが上回るのだ。

だが人間の暴力は残酷で忌まわしい死をもたらした。暴力は、時の記憶のなかの永遠の怪物。

理解しなければ。憎悪の仕組みを、分断を引き起こす言葉を、裏切りを封印する行為を。

人の心を恐怖で満たす身振りを。これらすべてを解体する方法を、理解しなければ。はっきりと自覚しなければ。わたしたちの人間性は危機に直面していると。

本書は共同プロジェクト「ルワンダ、記憶する義務によって書く」から生まれた。これはフェスタフリカ祭（アフリカ芸術メディア協会）がフランス基金の支援を受けて計画したプロジェクトである。これにより一九九八年にはルワンダで「芸術家の発意」プログラムが実施された。これには約十人のアフリカ人作家が招待され、ジェノサイドの記憶にふれるための執筆滞在を行った。

ルワンダに関しては、ジェノサイドを理解し、説明しようとする計り知れないほどの作業がなされ、多くの書籍にまとめられてきた。著者たちに深く感謝する。また、この旅のあいだに親しくなり、すすんで話を聞かせてくれたすべての人々に、心から感謝を捧げたい。

訳注

1　一九九四年四月六日、ルワンダのハビャリマナ大統領が搭乗した大統領専用機が何者かによって撃墜された。ここでのジェノサイドは、この事件の翌日早朝から始まった集団殺害をさす。撃墜の首謀者はいまだに不明だが、七月まで続いたジェノサイドを実行したのは、与野党の急進派が率いた暫定政権で、彼らはおもに多数派民族のフツだった。約三か月間の死者の多くは少数派のツチで、このとき国内のツチ人口の四分の三を含む、少なくとも五十万人のルワンダ人が殺害されたとみられている。フツ、ツチについては訳注6も参照のこと。

2　南アフリカの人種隔離政策であるアパルトヘイトは、一九九一年にデクラーク大統領によって終結が宣言された。一九六四年に終身刑を受けた、反アパルトヘイト運動の指導者ネルソン・マンデラは前年の一九九〇年に釈放され、対話と和解を呼びかけて平和的なアパルトヘイト撤廃を導いた。その後マンデラは、一九九四年に行われた南アフリカ初の全人種参加選挙により大統領に選ばれた。ルワンダでジェノサイドが起きたのは、この選挙が行われようとしている時期であった。

3　現コンゴ民主共和国。

4　アパルトヘイト時代に設けられた黒人居住区。

5　New York Times が一九九九年三月三日に « 8 Tourists slain in Uganda, including U.S.

couple »というタイトルで報じた事件をさすとみられる。出典：Hitchcott, Nicki. "Travels in Inhumanity : Véronique Tadjo's Tourism in Rwanda," *French Cultural Studies*, No. 202, 2009, pp. 149-164.

6　フツはルワンダ人口の八割強を占める多数派の民族集団。これに対してツチは人口の一割強の少数派。ルワンダにはこのほかに先住民ツワがいて、彼らは人口の一パーセント程度の集団。これらの名称は現地の発音にしたがい、フトゥ、トゥチ、トゥワと表記されることもあるが、本書では読みやすさを考慮してフツ、ツチ、ツワと表記している。どの集団の人々もルワンダ語を話し、現在おもに信仰されている宗教はキリスト教だが、それぞれは異なるエスニック集団あるいは民族とされてきた。ただし著者による「日本語版のためのあとがき」にあるように、ジェノサイド後のルワンダ政府はこのような区分を公的な言説から排除してきた。本書を翻訳にするにあたり、「エスニック集団」が一般になじみのない言葉であるため、原文で「エスニック集団」となっている箇所やこれに関連する語彙は「民族」と訳出している。

7　ＲＰＦの中核を担ったのは、ルワンダ独立（一九六二年）の直前に激化したフツとツチの政治対立の際、ウガンダなど周辺国に逃れたツチ難民の第二世代（この政治対立については訳注11も参照）。ＲＰＦはルワンダでの政権奪取を目的に、一九九〇年にウガンダとの国境から侵攻、ルワンダは内戦に陥った。内戦中の一九九四年四月に勃発したジェノサイドでは、ツチ民間人がＲＰＦの支持者とされて標的になった。またＲＰＦとの対話を進めようとしたフツの政治家や、ツチの虐殺に抵抗を示した人々も殺害された。

ＲＰＦが一九九四年七月に首都キガリを制圧したことでジェノサイドと内戦は終了し、ＲＰＦが政権に就いた。これにより、迫害を逃れて国外に脱出していたツチ難民が続々とルワンダに帰国した。ここで著者は、ウガンダやタンザニアなど旧英領の国々で育った元難民は、旧ベルギー領のルワンダで公用語だったフランス語よりも英語になじんでいることを示唆している。

8　アフリカ産の小型で短毛、角がないヤギ。

9　ルワンダは一八九九年にドイツ領東アフリカの一部となり、第一次世界大戦後の一九二二年にはベルギーを統治国とする国際連盟の委任統治領に、第二次世界大戦後には国際連合の信託統治領になった。身分証は、ツチ優遇政策をとったベルギーの植民地当局がフツ・ツチを明確に区別するため、一九三〇年代に導入した。しかしこれにより、それまであいまいだったフツ・ツチへの帰属をルワンダ人自身が内面化することとなった。身分証制度は独立後も引き継がれた。

10　ルワンダ南部の都市。大学都市として発展した。現在のフエ。

11　ルワンダ王国の成立時期については一四～一五世紀あるいは一七世紀と諸説あり、確定していない。現ルワンダの大部分の地域に支配を拡大したのは一九世紀後半のことだった。植民地期にはドイツもベルギーも間接統治政策をとり、ルワンダ王国の統治システムを通して植民地経営を行った。一九五〇年代末、独立のあり方をめぐるエリート間の政治対立が民族対立の形をとって激化すると、王制は廃止され、ルワンダはフツのエリートが政権を握る共和制の国として独立した。

12 現コンゴ共和国。首都はブラザヴィル。

13 コンゴ民主共和国東部の都市。

14 「トルコ石作戦」は、フランスが一九九四年六月半ばに開始した軍事介入。目的は人命救助とされたが、RPFの内戦勝利を阻止し、ルワンダ暫定政府を支援するという別の目的ももっていた。しかしフランスは七月初めにRPFとの対決姿勢を転換し、ジェノサイドを遂行していた暫定政府との関係を絶ったとみられる。そのいっぽうでフランス軍は、ルワンダ南西部の国土の四分の一にあたる地域に「人道地帯」を創設した。するとRPFの進軍に恐れをなしたフツの民間人とともに、暫定政府要人、ルワンダ軍兵士や民兵ら虐殺の首謀者らが殺到し、ザイールへと脱出した。しかしフランス軍は逃亡するルワンダ軍兵士らを武装解除することはなかった。ザイールに脱出した難民の数は最終的に二百万人に達したとみられる。劣悪な生活環境のなか、コレラによって多数の難民が死亡した。

15 ここに書かれている説は、ヨーロッパ人が人種思想「ハム仮説」から導きだしたもの。一九世紀にルワンダ王宮を訪れたヨーロッパ人はこの仮説にもとづき、ツチは身体的特徴からフツやツワよりも優れた人種に属する支配民だと考えた。とはいえ植民地化以前のルワンダ王国では、ツチ、フツという概念が意味する内容は一定ではなかった。それでもヨーロッパ人は、ルワンダには最初に狩猟民のツワが、続いて農耕民のフツが居住し、最後に牧畜民のツチが北方からやってきてツワとフツを支配したという説を立てていった。やがてベルギーはこの説にもとづき、ツチを優遇する植民地政策をとった。ルワンダの各集団の起源は異なると主張するこのような歴史観は、一九八〇年代まで定説だったが、今日では根拠がないとされている。なお「ハム仮説」は、一九世紀に大湖地方（東アフリカのヴィクトリア湖など大地溝帯にある大小の湖を囲む地域で、現在のルワンダ、ウガンダ、タンザニア、ブルンジ、コンゴ民主共和国をさす）を訪れた探検家ジョン・H・スピークによって提唱された。（「ハム仮説」の詳細は、武内進一著の『現代アフリカの紛争と国家：ポストコロニアル家産制国家とルワンダ・ジェノサイド』（明石書店、二〇〇九年）を参照。）

16 ルワンダからタンザニアのヴィクトリア湖へと流れる川。ヴィクトリア湖はナイル川の源。

17 一九九四年一一月の国連決議によって設置された、ルワンダ国際刑事裁判所をさす。一九九五年二月の国連決議では、タンザニアのアルーシャに設置することが定められた。国際刑事裁判所には死刑が規定されなかったが、ルワンダ国内には死刑があり、刑罰に不均衡があった。ルワンダでは、ジェノサイド関連の犯罪者に対する死刑は、一九九八年に二二名に執行された。その後は行われず、死刑は二〇〇七年に廃止された。

18 当時の地方行政区分は、州、地方自治体《コミューン》、地区《セクター》、セルの順に細分化されていた。

19　深刻な政治対立によって国民間に亀裂を残したまま独立したルワンダでは、その後も一般の人々への暴力が繰り返された（訳注11も合わせて参照）。初代大統領カイバンダ政権期（一九六二～一九七三年）には、独立直前に国外に逃れたツチの一部がルワンダへの侵攻を繰り返し、その報復として国内のツチ住民が迫害された。また政権の求心力回復を狙ったツチ排斥運動も起こされた。

一九七三年以降のハビャリマナ政権期では、一九九〇年に内戦が始まると、多数の民間人がＲＰＦの支持者として逮捕・拘留された。またＲＰＦからの攻撃に対する報復として、ツチ住民が襲撃された。さらに国際社会からの圧力により、一九九一年にそれまでの一党制に代わって複数政党制が導入されると、暴力はますます社会に蔓延した。野党が急速に成長したため、政党間で支持者拡大競争が起き、各党の青年部が衝突を起こしたり、人々に政党加入を強要したりしたからだった。のちのジェノサイド遂行に大きな役割を果たしたとされる民兵組織インテラハムウェは、この時期に与党の青年部として設置された。いっぽう、内戦中にＲＰＦが支配下においていたルワンダ北部地域では、ＲＰＦによるフツ住民の組織的殺害も起きていた。

20　コンゴ民主共和国では、一九九六年に第一次コンゴ紛争が始まり、三十年以上続いたモブツ政権が倒れた。これにより新政権が誕生し、国名は当時のザイールからコンゴ民主共和国へと変更された。しかし一九九八年には、新政権を打倒しようとする第二次コンゴ紛争が始まった。ルワンダ、ウガンダなど周辺国がこぞって軍事介入したこの紛争は、和平合意によって二〇〇三年には終結したことになっている。しかしコンゴ東部では、多様な武装勢力が衝突し、住民への人権侵害が繰り返される紛争状態が続いている。この状況の背景にあるのが、パソコンや携帯電話などの電子機器生産に不可欠な希少資源など、この地域に豊富な地下資源だという。

21　ハビャリマナ大統領搭乗機の撃墜後、ルワンダではすぐに暫定政権が発足した。しかしジェノサイドはこの暫定政権によって推進された。その中枢にいたのは、一九九三年八月にハビャリマナ政権とＲＰＦの間で合意された、包括的和平協定「アルーシャ協定」の履行阻止を強硬に主張していた与野党の急進派メンバーだった。この協定には、ＲＰＦとのパワー・シェアリングなどが定められていた。

22　ウィリンヂイマナは野党から任命されたフツの首相だった。この日、暫定政権発足前に、彼女を含むリベラルな閣僚・政治家がフツ、ツチの別なく殺害された。ＵＮＡＭＩＲ部隊要員として首相を警護していたベルギー人兵士も虐殺されたため、ベルギー政府は部隊の撤収を決定した。またフランス軍とベルギー軍はすぐさま在留外国人をルワンダ国外に脱出させた。

ＵＮＡＭＩＲは「アルーシャ協定」（訳注21を参照）履行を監視するため、一九九三年からルワンダに展開した、国連とアフリカ統一機構（ＯＡＵ）合同のＰＫＯ部隊。ジェノサイドが始まると、国連安全保障理事会はＵＮＡＭＩＲの規模を最小限の数百人に縮小することを決議した。

23　一九九四年当時、ルワンダ人口の九割以上が農村で生活しており、殺戮の大部分は農村で起きた。

24　ＵＮＡＭＩＲ司令官のダレールはすでに一九九四年一月に、ツチの大量殺戮が準備されていると国連ＰＫＯ本部に警告したが、国連側はジェノサイドの未然防止のための措置をとらなかった。その後ジェノサイドが勃発しても、とくにアメリカとイギリスの強い抵抗により、国際社会は「ジェノサイド」が起きたことをなかなか認めず、そうして「集団殺害罪の防止及び処罰に関する条約（ジェノサイド条約）」（一九四八年採択）に基づいた行動をとることを避けようとした。

25　キガリの東部にあり、ＵＮＡＭＩＲの司令本部が置かれていた。ジェノサイドの際、殺戮を恐れた住民が押し寄せた。

26　著者ヴェロニク・タジョの国コートジヴォワールでは、ブルキナファソやマリなど周辺国に出自がある外国人が植民地期以来多く暮らしてきた。一九九三年、この国の独立以来三三年にわたって大統領を務めたウフエ＝ボワニが死去すると、与野党間の激しい権力闘争が起きた。このとき、野党の有力政治家が隣国ブルキナファソとの代々のつながりの深さによって、「外国人」として大統領選から排除された。いっぽう与党は、特定の民族のコートジヴォワール人としての正統性を主張しているともとれる政治理念を盛んに宣伝していった。こうして国内では、誰がコートジヴォワール人なのかという議論が起きると同時に、国民の分断と激しい外国人排斥が起きた。本書 *L'Ombre d'Imana*

の出版後には、コートジヴォワールは二〇一一年まで続く紛争状態に陥った。

27　腰に巻いたり、衣服として仕立てたりする木綿のプリント生地。

28　一九九三年締結の包括的和平協定「アルーシャ協定」（訳注21を参照）の履行に反対していた急進派は、ラジオやタブロイド紙を通して一般の人々のツチへの憎悪や恐怖をかきたてる宣伝を行っていった。

29　ジェノサイド時、民兵たちは多数のバリケードを設置して道路を封鎖した。ツチの住民はそこで通行を阻止され、殺害されたという。

30　この時期のツチへの迫害については訳注19を参照。

31　ダイアン・フォッシー（一九三二～八五）は、一九六七年からルワンダでマウンテンゴリラの野外研究を行い、一九八五年に何者かによって殺害された。彼女が生前ゴリラの保護のために設立した基金は、死後、ダイアン・フォッシー基金と改称された。

32　背中の毛が白銀色になった、成熟した雄のマウンテンゴリラ。

33　訳注5と同じ事件を取り上げているとみられる

34　インテラハムウェについては訳注19を参照。

35　アリソン・デス・フォージスがヒューマン・ライツ・ウォッチと国際人権連盟とともに著した『いかなる証人も生きのびてはならない　ルワンダのジェノサイド』。（Des Forges, Alison, Human Rights Watch, Fédération internationale des ligues des Droits de l'homme. *Aucun témoin ne doit survivre : le génocide au Rwanda,* Paris, Karthala, 1999.）引用は同書の

八九二ページからのもの。

36 実在するリリマ刑務所を想起させるが、ここでは綴りが一部変更されている。

37 アフリカ原産のイネ科一年草。古来、穀物として栽培される。日本語ではコーリャン、たかきびとも。

38 ガチャチャについては、著者による「日本語版のためのあとがき」に詳しく書かれている。ガチャチャは二〇〇一年に法制化され、二〇〇五年以降に本格実施された。ルワンダ政府はガチャチャ終了時、百九十五万件を超える虐殺関連事件が審理されたと公表した。ガチャチャについては、内戦に勝利したRPFによる人権侵害は裁かれなかったという批判もある。

39 ジェノサイドを生き延びたツチの女性ヨランド・ムカガサナの手記の題。

40 ルワンダ語では「イニェンジ」という。一九六〇年代のカイバンダ政権時代には、国外から襲撃してくる武装したツチ難民をさした。この語は一九九〇年代に急進派によって再利用され、RPFの兵士とツチの民間人双方に対して使われた。内戦中にはほかに「ヘビ」、「ネズミ」といった、ツチの人々を非人間化する用語が使われた。

41 ルワンダ南部のブタレ州では、ジェノサイド勃発直後はツチの州知事が虐殺の拡大を阻止した。しかし暫定大統領がブタレ州を訪れてツチの殺害を促すと、すぐにこの知事は更迭され、全州で虐殺が始まった。

42 一九五九年七月に当時の王ルダヒグワが急死すると、王の伝統的な顧問団がベルギー当局の了解を得ることなく新王を任命した。これによりベルギーはツチ支配層への不信を深め、両者の関係は悪化した。この事態はルワンダ人の政治参加を促したが、独立をめぐるツチとフツの対立を先鋭化させることにもなった。やがて同年一一月には「万聖節の騒乱」と呼ばれる出来事が起こった。これは両者間の初の暴力的な衝突だった（この対立については訳注11も参照）。

43 「アルーシャ協定」（訳注21を参照）の履行に反対していた急進派グループをさす。

44 このときRPFがウガンダとの国境から侵攻し、ルワンダは内戦となった。

45 カメルーンからアフリカ東部・南部に及ぶ地域で話されるバントゥー諸語を使用する人々の総称。かつてヨーロッパの歴史学者や人類学者たちは、身体的特徴からフツをバントゥーとみなしていた。

46 一九五九年の「万聖節の騒乱」以降独立までの政治動乱をさす。「社会革命」は独立後のフツ主導の政権による呼び方（訳注11および42を参照）。

47 これにより王制が廃止された。

48 訳は『新約聖書　共同訳・全注』（堀田雄康編訳、講談社学術文庫、一九九四年）より引用。

参考文献

小田英郎ほか監修『新版アフリカを知る事典』平凡社、二〇一〇年。

佐々木和之「〈和解をもたらす正義〉ガチャチャの実験：ルワンダのジェノサイドと移行期正義」シリーズ総編者太田至、編者遠藤貢『アフリカ潜在力　第二巻　武力紛争を超える：せめぎ合う制度と戦略のなかで』京都大学学術出版会、二〇一六年、二六五～二九四ページ。

佐藤章『ココア共和国の近代：コートジボワールの結社と統合的革命』アジア経済研究所、二〇一五年。

武内進一「内戦の越境、レイシズムの拡散：ルワンダ、コンゴの紛争とツチ」加納弘勝・小倉充夫編『変貌する「第三世界」と国際社会』東京大学出版会、二〇〇二年、八一～一〇八ページ。

武内進一「ルワンダのガチャチャ」武内進一編『戦争と平和の間：紛争勃発後のアフリカと国際社会』アジア経済研究書、二〇〇八年、三一七～三四七ページ。

武内進一『現代アフリカの紛争と国家：ポストコロニアル家産制国家とルワンダ・ジェノサイド』明石書店、二〇〇九年。

ダレール、ロメオ『なぜ、世界はルワンダを救えなかったのか：ＰＫＯ司令官の手記』金田耕一訳、風行社、二〇一二年。

鶴田綾『ジェノサイド再考：歴史のなかのルワンダ』名古屋大学出版会、二〇一八年。

戸田真紀子『アフリカと政治　紛争と貧困とジェンダー：わたしたちがアフリカを学ぶ理由』御茶の水書房、二〇〇八年。

華田和代『資源問題の正義：コンゴの紛争資源問題と消費者の責任』東信堂、二〇一六年。

宮本正興・松田素二編『新書アフリカ史』講談社現代新書、一九九八年。

望月康恵「紛争後の社会への司法介入：ルワンダとシエラレオネ」武内進一編『戦争と平和の間：紛争勃発後のアフリカと国際社会』アジア経済研究所、二〇〇八年、二八一～三一六ページ。

米川正子『世界最悪の紛争「コンゴ」：平和以外に何でもある国』創成社、二〇一〇年。

Des Forges, Alison, Human Rights Watch, Fédération internationale des ligues des Droits de l'homme. *Aucun témoin ne doit survivre : le génocide au Rwanda,* Paris, Karthala, 1999.

Rever, Judi. *Praise of Blood : The Crimes of the Rwandan Patriotic Front,* Tronto, Random House Canada, 2018.

Straus, Scott. *The Order of Genocide : Race, Power, and War in Rwanda,* Ithaca, Cornell University Press, 2006.

日本語版のためのあとがき

一九九四年七月四日、ルワンダ愛国戦線（ＲＰＦ）が急進的なフツの政権に勝利し、ようやくジェノサイドに終止符が打たれたとき、すでに八十万人から百万人にのぼるツチと穏健なフツの人々が殺害されていた。わずかばかりの荷物を携えて国外に脱出する難民の長い列を、テレビは生中継で世界中に配信した。

ルワンダは廃墟と化した。輸出用農産物はすべて略奪され、強盗たちが村々を襲撃しつづけていた。生き延びた人々はすべてを失っていた。孤児たちは誰からも保護されずに放置された。多くの建物は完全に破壊され、まったく使えなくなっていた。もう行政機関などありはしなかった。ジェノサイドのあいだ、農民たちが畑仕事をしなかったので、食料も不足していた。ルワンダ中央銀行の金庫は空だった。多くの裁判官が殺されたので、司法機関は存在しないも同然だった。

想像を絶する混沌状態をまえに、ルワンダの「国民統一内閣」はまず経済を回復させ、インフラを再生しようとした。けれどすぐに明らかになったのは、この国の未来にとってもっとも重要なのは正義の問題、すなわち国民のあいだの和解だということだった。

一九九五年、国連安保理によってルワンダ国際刑事裁判所がタンザニアのアルーシャに設置された。そこでは、ジェノサイドに大きな責任がある者たち（権力を行使できる立場にあった人間や、残虐行為へと人々を駆り立てた人間）が裁かれるはずだった。だがルワンダの刑務所には、それ以外の十二万人にのぼる被疑者たちが拘禁されていた。彼らをいったいどうしたらいいのか？　被疑者たちは裁判を待っていたが、国内司法は機能していなかった。新政府のほうでは、いかなる場合も被疑者全員を恩赦するつもりなどなかった。そのため、なんとしても解決方法を見出さねばならなかった。二年後に裁判所が再建されると、裁判官たちは仕事に取りかかり、ふたたび法廷が開かれるようになった。しかし裁判手続きはあまりに時間がかかった。犯したとされる罪に判決が言い渡されるまえに死亡する被疑者たちも少なくなかった。

こうしたなかでガチャチャ裁判が考え出された。ガチャチャは、ルワンダの地域共同体内で行われていた伝統的な裁きの方法で、植民地期に廃止されていた。「国民統一内閣」はこのガチャチャから着想を得たのだった。かつてのガチャチャでは、共同体の住民が公共の場所に集まり、そこで判決が下された。裁判を司ったのは多くの場合、清廉潔白で住民の尊敬を集めていた古老たちだった。地域社会の問題や紛争は、こうして住民全員の前で解決されていたのだ。今回、ジェノサイドという前代未聞の状況をまえにして、政府当局は数多くの検討チームを発足させた。ガチャチャをどのようにジェノサイドに適用するのか、その方法を探るためである。そうして決定されたのは、ジェノサイドに重大な責任があると判断された者たち以外の被疑者をガチャチャ裁判にかけるということだった。また犯罪ごとに裁きの規定は厳格に定められた。犯罪には、殺人、襲撃、不動産その他の財産を盗む、破壊するといったものがあったが、罪が重いほど刑は厳しくなった。年月を経て、ガチャチャ裁判の規定にはいくつもの調整や変更がなされた。二〇一二年には被疑者たちの大多数が判決を受け、ガチャチャ裁判は閉廷した。

結局、この前例のない司法システムは、さまざまな面で不完全だったとはいえ、どうにかこうにかルワンダ社会をある一定レベルの和解へと導き、復興の地ならしをしたと言えるだろう。

ＲＰＦの軍隊をかつて指揮したポール・カガメが率いる政権は、今日、好調な経済成長に望みをかけている。いよいよルワンダは、低開発とジェノサイドのトラウマから抜け出せるというわけだ。首都のキガリは、その意味での成功の象徴だ。入念に計画・整備されたキガリは、犯罪がほとんどない都市だ。国全体をみても、道路では車の速度制限が守られ、いつでもどこでも環境汚染対策への関心が高い。そのうえ多くの建設計画が控え、アフリカの国としては汚職も稀なルワンダは、投資家たちを引きつけてやまない国家の一つだ。しかし国全体の貧困率が下がっても、農村の人々はいまだ底辺の暮らしをしている。

現在ではルワンダ人に向かって、あなたはフツですか、ツチですかと訊くことは禁止されている。この国の最優先課題は、国民はみな同じルワンダ人だという意識をいかにつくりだすかということなのだ。

かつてルワンダの大多数の人々は、イマーナという唯一神を信仰していた。それは、洗練された儀式に彩られ、深遠な道徳的価値観に支えられた先祖伝来の宗教であった。しかしルワンダが植民地化されると、西洋の宣教師たちがキリスト教をもたらした。彼らはルワンダ古来の信仰を「異教的だ」として軽蔑し、住民にキリスト教信仰を強制しさえした。もともとあった信仰生活をこうして放棄させられ、ルワンダ人の精神世界は深刻な断絶を被った。わたしは自分で書いた物語に *L'Ombre d'Imana*（イマーナの影）という題をつけることで、貶められた信仰に敬意を払おうとした。またわたしは神《イマーナ》の「影」というイメージ、あたかも暴力渦巻くジェノサイド中のルワンダを神が見捨てたかのようなイメージを使い、ぞっとするほど恐ろしい出来事を表そうとした。しかし「影」は、いつまでも同じ場所にあるわけではない。やがてそこに日が射せば、退いてゆくのだ。したがってこの本の題をこう解釈していただいてもいい。たとえ深い闇が国を広く覆ったとしても、いつの日か光が射し、闇は消え去るだろうと。

女性たちに目を向けると、以前は妻や母としての役割が重視されがちだったが、ジェノサイドはこの状況を完全に変えてしまった。夫が亡くなったり、刑務所に拘禁されたりした妻たちはあまりに多く、それまでは男性だけが占めていた職務に女性も就くようになったのだ。彼女たちは、経験したこともない経済活動、政治活動、社会活動に臨まなければならなかった。こうして議会では女性の議員が過半数を占め、政府、行政機関、企業の重要ポストで女性も働くようになった。そのうえ一九九九年以降は一連の法によって、相続、土地、夫婦の共通財産についての女性の権利は強化されてきた。とはいえまだ農村には、こうした変化への障害が残っているのだが。

すでに大人になった孤児たちの多くは、いまだ苦悩を抱えている。ツチであろうとフツであろうと、生き延びた人々の傷痕は疼き続けている。だからルワンダでは、毎年四月から七月にジェノサイド追悼式典があちらこちらで執り行われる。人々は式典で死者たちを悼み、敬意を示す。

過去は現在に重くのしかかっている。それなのにルワンダに降りかかる試練はますます過酷なものになっている。この小さな国はグローバル化のただなかにあり、世界経済や欧米から押し寄せる文化の影響によってしばしば不安定になる。そうしたなか、国のいっそうの開放や政権交代への要求が日増しに高まっているが、ここでは表現の自由はほとんど認められていない。ときに「千の丘の国」を揺るがす政治的混乱は、いかに大きな発展を成し遂げようとも、依然として多くのことが手つかずだという事実をあらわにしているようだ。

ジェノサイドから二十五年以上もたつのだから、そろそろ新たな段階へ進むべきだと言う人もいる。しかしそれは大きな間違いだろう。人類史に点在するほかのすべての悲劇、とくにアルメニア人のジェノサイドやホロコーストのときと同様に、わたしたちは警戒を怠ることなく、起きてしまったことから教訓を引き出すべきではないだろうか。

まず、わたしたちみなで、どのように不処罰と闘うかを考えよう。正義が尊重され、戦争犯罪人全員が、どこに身を置いていようとも、断罪されるようにしなければ。

それから、一触即発の民族間対立がある国や、宗教的、政治的に緊張が高まっているような国では、紛争、とりわけジェノサイドをなんとしても防止するよう、知恵を絞ろう。

さらに、国際社会が働きかけるだけでは平和は維持できない。個人の内面の平和を維持する方法を探し続けよう。わたしたち一人ひとりにできることがあるはずだ。

もっとも危険なのは、無関心だ。それに、傍観するだけで行動を起こさない態度もだ。世界全体を脅かしているのは、わたしや、あなたの、こうした態度かもしれないのだ。

ヴェロニク・タジョ

二〇一九年二月

訳者あとがき

本書はヴェロニク・タジョによってフランス語で書かれた、*L'Ombre d'Imana : Voyages jusqu'au bout du Rwanda*（Actes Sud, 2000）および、著者による「日本語版のためのあとがき」の全訳である。タジョ氏は日本の出版社の求めに応じ、原書と、現在のルワンダそして日本の読者を橋渡しするあとがきの執筆を引き受けてくれたのだった。

ルワンダという国

本書で描かれるルワンダはアフリカ大陸のほぼ中央に位置し、面積は日本の四国の約一・五倍という小さな国だ。北はウガンダ、東はタンザニア、南はブルンジ、西はコンゴ民主共和国に囲まれている。国の北部の火山山脈は国立公園に指定され、マウンテンゴリラなど多様で貴重な野生動物の生息地となっている。ルワンダの人口は現在約千二百万人（二〇一七年）。おもな輸出農産物はコーヒーと紅茶である。

全土が緑豊かな丘に覆われるルワンダは「千の丘の国」とも呼ばれる。実際に訪れると、霧がたなびく朝の丘は息をのむほどに美しい。旅行をしていると、はにかみ屋で心やさしい人にあちこちで出会う。長距離バスを時刻表どおりに運行する生真面目さは、日本人と似ていると感じる。

だが二〇一五年八月にンタラマを訪れたときには、記念館となっている教会の建物の隅に一輪車がそっと置かれているのを目にした。そこには、ひと山の土が盛られていた。案内係の青年は、「最近畑から見つかった遺体で、家族が名乗り出るのを待っているのです」と教えてくれた。土からはみ出した衣類の切れ端は、いまだ鮮やかなピンク色をしていた。あれから二十年以上がたっても、ジェノサイドの記憶はルワンダの人々の日常と隣り合わせなのだと思い知らされた。

著者ヴェロニク・タジョについて

ヴェロニク・タジョは一九五五年にパリで生まれた。父の国であるコートジヴォワールが一九六〇年にフランスから独立する間際には、両親と兄とともに同国南部沿岸の経済都市アビジャンに移り住んだ。父はこの新生国家の上級公務員となり、フランス人の母は画家・彫刻家として活動した。タジョはアビジャンでフランス語をほぼ唯一の母語として育ち、大学教育までを受けた。続いて留学したフランスではアメリカ黒人文化を研究し、一九八一年に博士論文を提出した。彼女は次にアメリカにも留学するのだが、それまでの二年間をコートジヴォワール北部の都市コロゴで、リセの英語教師として過ごしている。

作家としての道をタジョに開いたのは、コロゴでの体験から生まれた詩集『ラテライト』であった。これは一九八三年に文化技術協力機構（のちのフランコフォニー国際機関）の文学賞を受け、翌年フランスで出版された。

こうして作家として歩み始めたタジョが二〇一九年までに発表したのは、『ラテライト』を含む二作の詩集に加え、七作の小説（タジョ自身は「小説」とは呼ばず、「詩的散文」あるいは「物語」としている）、いくつかの短編などだ。本書『神の影《イマーナ》』は四作めの小説となる。

二〇〇五年には、五作めの小説『女王ポクー：ある犠牲のための協奏曲』（二〇〇四年）でブラックアフリカ文学大賞を受賞する。この賞は一九六一年以降、フランス語作家協会からサハラ以南アフリカ出身の作家に贈られてきたものだ。受賞作にはアフリカ文学の古典として読み継がれているものも多い。女王ポクーとは、民を救済するために一人息子を犠牲に捧げたとされる、コートジヴォワールでは広く知られる伝説の人物だ。タジョは、母が子どもを犠牲にするとは現実にはどのようなことなのかと、伝説の再解釈を通して読者に語りかけている。これは、アフリカ諸国の紛争での若者たちの犠牲を鋭く突く作品でもある。

彼女はまた、西アフリカの旧仏領諸国で子ども向けの本がほとんど出版されていなかった一九九〇年代初頭から、コートジヴォワールで児童文学作品を出版してきた。同国内外で発表した児童文学・ジュニア小説は二十作近くにのぼり、そのなかにはみずから挿絵を描いたものもある。彼女はこの地域での児童文学創作と出版の先駆者の一人であり、その発展に多大な貢献をした作家でもある。絵本作品のうち『マミワタと怪物』（一九九三年）は、一九九八年開催のジンバブエ国際ブックフェアでの呼びかけから始まったプロジェクトにより、「二〇世紀アフリカのベスト百冊」に選ばれた。

タジョの児童文学作品のうち、日本語訳されたものには絵本『アヤンダ　おおきくなりたくなかったおんなのこ』（風濤社、二〇一八年）がある。

ジャーナリストの夫と二人の息子とともに、南米やアフリカの国々、イギリスで暮らすなか、タジョは執筆活動を続けてきた。この間、アフリカのいくつかの大学では教鞭をとり、二〇〇七年から一五年には、南アフリカのヨハネスブルグにあるヴィットヴァターズランド（通称ヴィッツ）大学でフランス語部門の責任者を務めた。二〇一九年現在はロンドンとアビジャンの双方を拠点に作家活動をしている。

このような作家タジョの作風とは、どのようなものなのだろうか。タジョによると、最初の作品『ラテライト』は、コロゴで彼女が出会った民族セヌフォの人々と文化への賛歌だという。だがここに読みとれるのは、初めてふれたセヌフォの精神世界を通して自分自身を、自分が生きる社会を見つめ直した、作者の心の旅でもある。彼女は二〇一三年に、若い日にコロゴで体験したことは「わたしの執筆の基礎となった。いかなる困難にも身を晒すことができるような強さを与えてくれた」（Tadjo, 2013:12）と書いている。

タジョにとって「書くこと」は『ラテライト』以来、自分を知り、世界を知る手段なのであろう。二〇〇六年のインタビューでも、このように語っている。

わたしは書く必要があるから書く。わたしはたしかに、自分のために書く。書きながら学ぶことは多い。わたし自身のことだけでなく、わたしたちを取り巻く世界のことも学ぶ。書くのは、コミュニケーションするため、よりよく理解するためでもある。書く過程では、掘り下げよう、もっと掘り下げようとする。いつでも、もう少し遠くに行ってみようとする。掘り下げるつもりがないなら、書く必要などないのだ（Kabwe-Segatti & Cordova, 2006）。

タジョが書きながらまず考えてきたのは、出身地も文化もまるで異なる両親のあいだに生まれた自分自身についてだろう。コロゴでは、セヌフォの伝統的な文化と、西洋の近代的な知の世界の狭間に身を置きつつ、どちらを切り捨てるのでもなく、人生を切り拓こうとしている生徒を見つめながら、彼らに深い共感を覚えたとしている（Tadjo, 2013:12）。ひとつの国や人種、民族という枠組みに収まることができない自分という存在。タジョはコロゴ滞在を通してそのような自分を受け容れ、人生に立ち向かう覚悟を決めたのであろう。両親の死後に発表された六作めの小説『父から遠くはなれて』（二〇一〇年）は自伝的な作品で、混血として生まれた苦悩や両親との葛藤が読みとれる。

タジョはまた、愛すること、他者との関係をつくること、家族であることなど、人間の生の根本を深く問い続け、書き続けてきた。作品はいずれも、児童文学を含めて、つねに現実の問題、現実の出来事と不可分だ。彼女は一貫してアフリカ社会を洞察し、政治状況へ批判的なまなざしを向けてきた。とりわけ、子どもと女性の置かれた厳しい状況をどう理解し打開するのかを自分にも、読者にも問いかけている。戦争で父を亡くした少女の心の傷と回復を書いた絵本『アヤンダ』は、この立場を象徴する作品だ。タジョにとって書くことは、さまざまな困難を抱えるアフリカ社会に向かって行動する手段でもあるのだ。

だからこそタジョは、ルワンダでのジェノサイドの記憶を書き残そうとするプロジェクト「ルワンダ、記憶する義務によって書く」に参加したといえるだろう。一九九八年と一九九九年の二回にわたってルワンダを訪れ、『神の影《イマーナ》』を執筆し、二〇〇〇年に刊行した。刊行後もたびたびルワンダを訪問し、この国の変化を見てきたという。

アフリカ全体の現実を見据えた執筆スタイルは、二〇一七年出版の小説『人間たちとともに』でも貫かれている。これは二〇一四年に西アフリカで猛威をふるったエボラウィルス病を題材としているのだ。

タジョの小説作品の特徴は、語り手の回想や記憶、寓話、ニュース報道の断片、物語内の物語といったものが、まるでパッチワークのように組み合わされているという点だ。彼女はこうした特徴について、主題を「さまざまな角度から、さまざまな面から眺めたい」

（Kabwe-Segatti & Cordova, 2006）からだと答えている。タジョの、「書く過程では、掘り下げよう、もっと掘り下げようとする」姿勢が、作品の構成を生み出しているといえる。本書『神の影《イマーナ》』にもこの特徴は顕著である。

『神の影《イマーナ》』の日本語版出版にあたって

訳者が著者ヴェロニク・タジョに初めてメールを書いたのは、『神の影《イマーナ》』の原著が出版されたころである。タジョの児童文学作品にかんする質問をしたのだったが、拙いフランス語の文を送ってきた見ず知らずの日本人に対して、彼女はまるで以前からの知り合いのように親しみを込め、丁寧に答えてくれた。その後わたしは、詩集『ラテライト』や絵本作品に描かれたコロゴを見ようと、二〇〇一年の夏にコートジヴォワールを旅した。

それ以来タジョの作品にのめり込んだわたしは、『神の影《イマーナ》』を繰り返し読み、いつか日本で紹介したいと考えるようになった。理由はいくつかある。まずひとつめは、本書がルワンダでの出来事をアフリカ人の視点から書いた作品だからである。残念ながら、サハラ以南アフリカ諸国の人々は同じアフリカ大陸で起きた出来事をアフリカ人の発信する報道によってよりも、欧米の大手メディアを通して知ることのほうが多い。プロジェクト「ルワンダ、記憶する義務によって書く」に集まったタジョらアフリカ人作家たちはこの状況に対し、外からの仲介なしに、アフリカ人の目で見た事実を書き、アフリカ人として喪に服そうとしたのだ。

二つめの理由は、『神の影《イマーナ》』が文学のもつ力を教えてくれる作品だからである。文学作品は一般に、事実を正確に伝えて原因や解決策を示すノンフィクションとは一線を画す。しかしタジョは二〇一七年十一月にわたしが行ったインタビューで、文学には他の分野には許されない自由があるとし、この本では、歴史書、ジャーナリスティックな情報、証言さえも読者のために「翻訳」したと語った。「文学はジャーナリズムなどと同じ事柄を取り上げても、日常生活に統合させる。ジャーナリズムが語ることを個人的に語りかける。わたしがあなたに語りかけているように、直接的に。わたしは読者に直接語りかけたいのだ」。タジョは文学だけができるやり方で、起こったことをより身近に引き寄せ、想像し、証言者の立場に身を置くようにと読者を誘う。命を奪われた人、近しい人を殺された人の体験を、わたしたちはとうてい理解しきれない。また、当事者が他者に理解できるように苦悩の体験を表現することも不可能かもしれない。それでも本書を通して、タジョとともに、出来事を知ろうとする努力を進めることはできる。さらにわたしたちは、苛酷な出来事が起きた社会には、加害者と被害者だけがいるわけではないことも知るのである。

そして三つめの理由は何より、タジョがこの本の冒頭で書いているように、「起こったことはわたしたちすべての人間にかかわりがある」からである。わたしたちにも加害の歴史がある。それを消し去ることはできない以上、同じことを繰り返さないためにも、何度でも考える必要があるだろう。右に述べたように、主題を掘り下げ、理解しようとして書いてきたタジョの文章は、日本人の読者をも知らず知らずのうちにルワンダ人の記憶の旅へと引き込むはずだ。

タジョは『神の影《イマーナ》』執筆に際し、それまでにもまして探究を重ねたという。ルワンダのジェノサイドにとどまらず、アフリカのこれまでの歴史について、人間について、生と死について、考えに考え抜いた。この本を書くことで「人生が変わった」(Dini, 2000)とまで語っている。

読者諸氏には本書をきっかけに、ルワンダに思いを馳せ、ジェノサイドとは何であったのか、人間とは何かを考えていただきたい。この本が、遠い異国の他者を想像する一助となるよう願ってやまない。

この本の翻訳にあたり、さまざまな方から助言をいただきました。記して感謝をいたします。

長時間のインタビューを数日にわたり受け入れてくださった著者ヴェロニク・タジョ氏に深く感謝いたします。氏はその後も、メールで訳者の質問に答えてくださいました。

東京在住のタジョさんのお兄様パトリス・タジョさんは、訳者による日本語訳全体を確認し、フランス語の解釈についての疑問に答えてくださいました。ほんとうにありがとうございました。

ルワンダでのジェノサイド勃発から二十五周年となるこの年に本書を出版できるよう労をとってくださった、エディション・エフの岡本千津さんにも心から感謝申し上げます。

訳者

本稿で触れたヴェロニク・タジョの作品・論考

Latérite, Paris, Hatier, 1984.(『ラテライト』)

Mamy Wata et le monstre, Abidjan, NEI / Paris, Edicef, 1993.（『マミワタと怪物』）

Reine Pokou : concerto pour un sacrifice, Arles, Actes Sud, 2004.（『女王ポクー：ある犠牲のための協奏曲』）

Ayanda, la petite fille qui ne voulait pas grandir, Arles, Actes Sud, 2007.（Illustrations, Bertrand Dubois）（『アヤンダ　おおきくなりたくなかったおんなのこ』ヴェロニク・タジョ文、ベルトラン・デュボワ絵、村田はるせ訳、風濤社、二〇一八年刊）

Loin de mon père, Arles, Actes Sud, 2010.（『父から遠くはなれて』）

En compagnie des hommes, Paris, Editions Don Quichotte, 2017.（『人間たちとともに』）

"The Cartography of African Literature : Beyond Borders," *Présence Africaine,* No. 187-188, 2013, pp. 11-22.

タジョのインタビュー記事

Dini, Florence. « Véronique Tadjo : la vie plus forte que la mort... », *Amina,* no. 367, 2000, pp.62-63.

Kabwe-Segatti, Désiré Wa & Sarah Davies Cordova. « Entretien avec Véronique Tadjo », *Lianes,* no. 1, 2006.

ルワンダを知るためのおすすめの本

●後藤健二著『ルワンダの祈り：内戦を生きのびた家族の物語』汐文社、二〇〇八年。

●ポール・ルセサバギナ著『ホテル・ルワンダの男』堀川志野舞訳、ヴィレッジブックス、二〇〇九年。

●ジョナサン・トーゴヴニク写真・インタビュー『ルワンダ　ジェノサイドから生まれて』竹内万里子訳、赤々舎、二〇一〇年。

●ジョセフ・セバレンジ／ラウラ・アン・ムラネ著『ルワンダ・ジェノサイド　生存者の証言：憎しみから赦しと和解へ』米川正子訳、立教大学出版会、二〇一五年。

［著者］

ヴェロニク・タジョ

Véronique TADJO

コートジヴォワール人の父とフランス人の母のあいだに1955年パリに生まれ、父の国の経済首都アビジャンで育つ。詩人、小説家、児童文学作家。現在は拠点をロンドンとアビジャンに置く。パリのソルボンヌ大学でアメリカ黒人文化を研究し、博士論文を提出。1983年に詩集 *Latérite*（ラテライト）が文化技術協力機構文学賞を受け、以降作家として活動する。その間、コートジヴォワールのアビジャン大学などで教鞭をとり、2007〜2015年には南アフリカ共和国のヴィットヴァターズランド大学でフランス語部門の責任者を務めた。児童文学作家としては自ら挿絵を描くこともあり、マリやベナン、チャド、ルワンダなどで絵本制作のワークショップを開催し、アフリカの児童文学発展に貢献した。

最新の小説作品は2017年刊行の *En compagnie des hommes*（人間たちとともに）。邦訳作品は本書『神《イマーナ》の影』のほかに絵本『アヤンダ　おおきくなりたくなかったおんなのこ』（村田はるせ訳、風濤社、2018年）がある。

［訳者］

村田はるせ

Haruse MURATA

東京外国語大学地域文化研究科博士後期課程修了（博士（学術））。アフリカ文学研究者。研究対象はサハラ以南アフリカのフランス語を公用語とする国々の文学。西アフリカで出版された絵本の紹介と展示も全国で展開している。アフリカについて学ぶ「クスクス読書会」主宰。著書に『アフリカ学事典』（共著／昭和堂／2015年）。訳書に『アヤンダ　おおきくなりたくなかったおんなのこ』（ヴェロニク・タジョ文、ベルトラン・デュボワ絵／風濤社／2018年）。

神《イマーナ》の影　ルワンダへの旅――記憶・証言・物語

2019年10月25日　初版第一刷発行

著　者　ヴェロニク・タジョ
訳　者　村田 はるせ

ブックデザイン　Lily Design & Photo
編集・発行人　岡本千津
発行所　エディション・エフ　https://editionf.jp
京都市中京区油小路通三条下ル148　〒604-8251
電話 075-754-8142
印刷・製本　サンケイデザイン株式会社

ISBN 978-4-909819-06-2 Printed in Japan